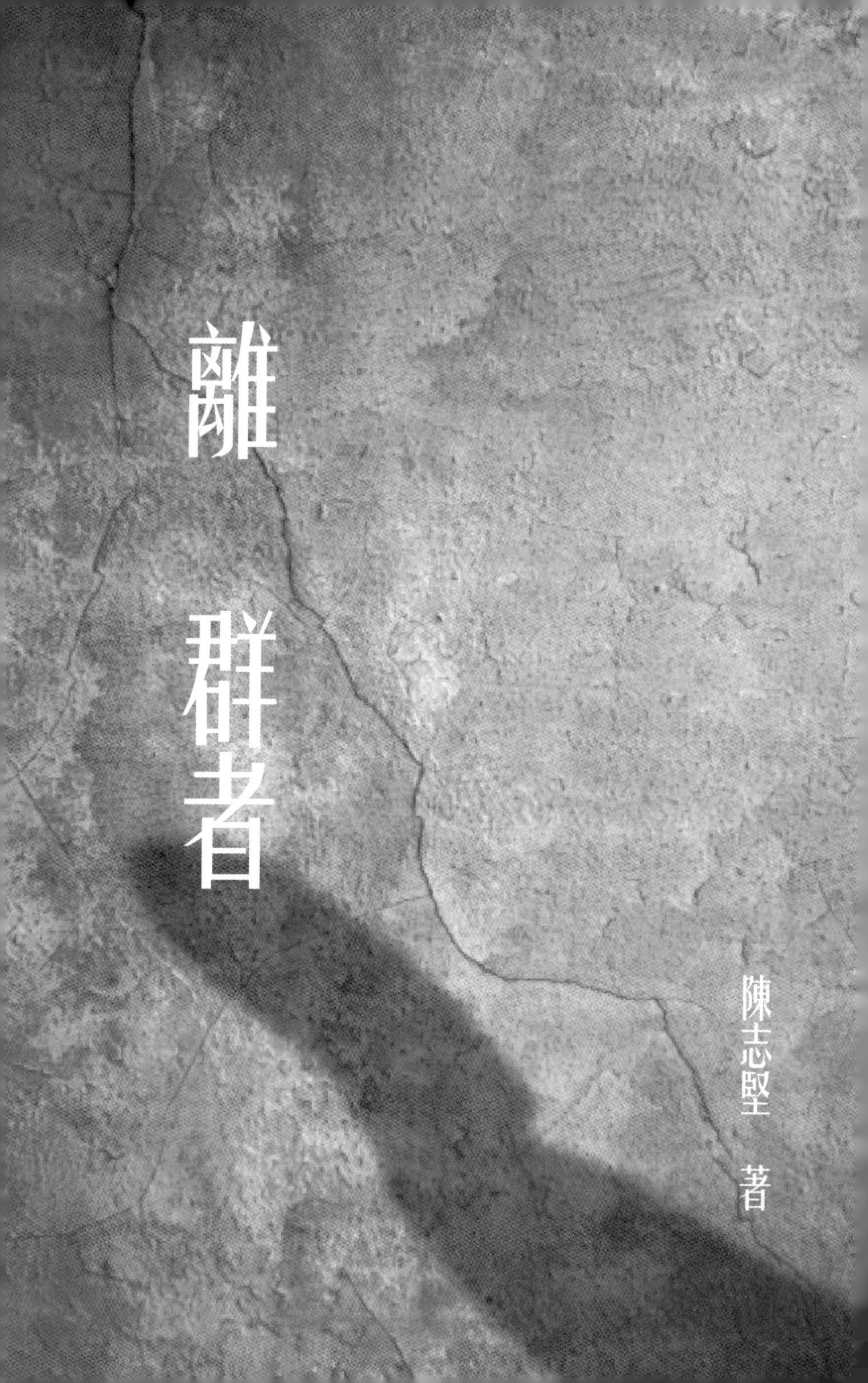

# 離群者

陳志堅 著

離群，或許也是一種選擇……

# 所有珍視以及必須失去的

胡晴舫

陳志堅稱他筆下這些小說人物為「離群者」，然而，這些角色其實一點不離群，而是深深埋在人群中，每一天緊緊肉貼着社會制度，像一群即將啟航外太空的旅客，循規蹈矩排隊，安靜沿着長長甬道登機，扣上安全帶，準備升空，縱使在天上等待着他的是一大片虛無的未知，他們僅以自身的孤寂當作唯一的行李，去面對未來的旅程，但他們不會輕易承認自己的惶恐。如果他們心中有吶喊，他們會像早晨按掉鬧鐘一樣關掉嗶嗶音，輕聲對自己說，知道了，但是，知道了又如何。日子依然要照流程走下去。

如果你自認是香港人或瞭解一點香港文化，翻開《離群者》，你會馬上認出這六篇小說的身世。無論是寫實風格的〈風聲〉、〈倒數七日〉、〈前途〉，或是科幻路線的〈島〉、電影感極強的〈葬〉，以及寓言風味濃厚的〈旅程〉，雖然這六篇故事的主題以及人類情感皆普世而跨域，但，毫無疑問地，這六篇故事全是原汁原味的香港文學。唯有香港，才會孕育出如此濃重的生命故事，尖銳觸碰到社會各個隱秘的面向：不斷擠壓、縮小的都市空間，滯重而重複的後工業生活，把人類當農場家禽制式管理的官僚系統，資本財團控制、終至吞噬了個人，以及生命中總是難以承受的孤獨。

陳志堅令人吃驚地接地氣，毫無時下流行的文青味，他觀察以及細膩描寫的種種日常，勾勒出一幅我們現今所生活的社會全貌，歷歷在目，貼近現實，因之有股冷汗浹背的驚悚感。

〈葬〉這篇小說讀來已是一部電影寫好了等着拍。跳接時空的兩輛計程車，幾個畫面，不多的對話，簡潔而俐落就帶出一個男人的整個人生，以及（幾乎可說）整座香港城的宿命，文思通透而聰穎。同樣在探索家與家庭的定義、繼而穿透香港的命格是另一篇故事〈前途〉，對生命永遠感到焦躁不安，不斷被過去的魍魎追趕，汲汲營營於金錢，但稍微過上一點好日子就會有罪惡感，「人生存的意義就只有忙碌，忙碌是印證人存在意義的唯一可能。」既說出了都市作為資本社會的生活真相，更直陳香港人唯一懂得的生命哲學，念茲在茲就是「我仍可幹些事情」，以為如此才能證明自己有資格活下去。

〈島〉與〈倒數七日〉皆在控訴地產集團如何扭曲了都市生活，逐漸剝奪了人類生存的意義。〈倒數七日〉深情描繪了舊社區逐漸消逝的過程，當一間雜貨店不見了，消失的不只是老闆和他的生計，更是人與人之間的互助依賴，以及一整套完整的生活方式與價值。在〈島〉這篇故事，放棄了舊社區的人們來到人造島的新社區，眼巴巴要追求新幸福，卻換來終日「嚙嚙蝕骨的傷痛」，卻又不敢離開，擔心島嶼之外的遠方「……太自由，你會受不了」。

有沒有可能脱離看似舒適、實則束縛的都市中產生活，也是陳志堅一直思索的方向。〈風聲〉這篇故事藉由發生於中學教學系統的事件，樸實描寫僵化的官僚制度，猶似卡夫卡的《審判》，面對鐵板一塊的體制與自願鄉愿的群體，個體宛如雞蛋脆弱，不堪一擊，其未來「如一株光禿了的火殃簕，甚至由於毫無價值而終將被折掉」，唯一維持自尊的辦法只剩下如何安葬自己的靈魂。

而〈旅程〉這篇故事似乎又給出了另一個結論。近似村上春樹的寓言語境，虛實交替，〈旅程〉情節交代一個人旅行的細節，卻不斷跳出「月亮魚」這個夢幻的孤寂治療法，當出走也無法解決一個人僵硬的生命情境之時，究竟還需不需要想像遠方有一頭席地而坐的大象，等着自己出發。「……我已經被生活壓迫得僵滯，我知道我必須盡快脱離這處境，就像臨盆的嬰孩急不及待離開母體，好進入前所未有的境界。」而出走的男人的妻卻堅持「……不熟習的環境很不舒服，人也會愈來愈孤寂。」彷彿胡波電影《大象席地而坐》在車站的那一幕對話，老人牽着孫女説他不去看大象了，因為你以為他方會比較好，但，等你千辛萬苦去到那裏，你就會發現日子全是一模一樣，就像男人半途遇見的未婚夫妻，那個未婚夫告訴他：「先生，我不知你現在是怎樣的處境，但我總不認為有任何方法可以避免孤寂。」然而，電影裏的年輕人卻堅持，去吧，還是去看一看吧，而〈旅程〉裏出走的男人也選擇了將美好緊緊握在手裏，無論如何也不想輕易放棄。

《離群者》是陳志堅的第三本書。聽說他最愛的時光就是去中大圖書館，一方角落，陽光斜斜打在桌面，他攤開一本書，同時構思寫作。如此恬淡的文學追求，竟然寫出了一整座香港以及香港人。歷史此刻，活在香港，幾乎就是眼睜睜看着所有珍視的都成了必須失去的，日益嚴峻的生活環境壓得向來吃苦耐勞的香港人像洩了氣的皮球，欲振乏力，陳志堅的小說卻開了扇窗，供香港人呼吸，讓想像力飛一會兒。無論甚麼時代，文學始終是有效的慰藉。

# 目錄

# 葬

剛有客人下車。潮把的士靠近巴士站，等候另一些乘客登車。

「司機，可以開車。和合石。」

「快點，快點！天氣熱死人！」

潮聽出是耳熟的聲音。兩位乘客，一位聲調低沉，另一位輕浮。潮沒有作聲，只在聽兩人談話。她們是母女，上車沒多久就開始談論家裏的陳年舊事。

「妳爸十年前失蹤，一直無法找着。三年前，警察終於確認他死亡。」中年婦人和女兒似乎沒有特別難過，她冷冷地向女兒説：「龕位輪候了好些日子，終於排到。」

「媽，妳的脊骨不好，別老是焦急；這三年來妳乾癟的臉像風乾了的鱈白，我就是不明白妳何以作賤自己。」

中年婦人的眼神晃動了兩下，說：「那倒不如將我密封，免得我老是剋死男人。」

「妳又胡說甚麼，K君明明挺好的。」

「別再提了！」

「我不明白妳在憂慮甚麼，那個男人失蹤了足足十年，就當他死去好了，為甚麼還如此憂鬱，妳本來已經釋懷，現在K君一來倒使妳恍惚起來。司機，麻煩開車穩定些，我媽受不了。」

潮從倒後鏡瞥了一眼那女人。女人正看着車窗外的風景，一直至下車前，儼如發着白日夢的旅人在思考。「女，妳還是第一次看爸的龕位，妳從來沒有去過。」

「我沒有時間。」

「沒有時間還得去。」中年婦人惱着女兒說。

女兒靜了一靜，然後接着問：「龕位到底花了多少錢？」

「也沒多少，龕場有個內地商家說認識妳爸，特別打了折。」

之後，中年婦人和女兒沒有再說話，直至的士停泊在和合石路的巴士站旁，的士剛好輾過地上的塑膠袋，袋內是用白色廁紙包裹的柑皮。女人和女兒就此下車，不消兩分鐘已在人堆中隱沒得不見蹤影。

＊＊＊

那黑稠的夜仍未入侵，鑾把的士一直停泊在的士站後頭等候。前頭一片紅，都在等候上客。他難以理解一輛輛的士何以在這下班時分全塞在這裏，的士就如墜落在河流上卻沒有飛散的紅木棉花絮。引擎聲「的達的達」響着，使原來已經鬱悶的空氣更加沉重，心情就更不用說，光看的士久久未有移動，今天的生意大抵也該淡薄得很。鑾撥弄了一下車頭的不倒翁，不倒翁左右搖擺的節奏正合秒速，他的目光就此怔怔地看着，而時間也同樣無聲無息地流淌，鑾不期然自憐起來。

他掏出那張五年前的家庭合照，突然想起那唸不上心頭大學學系的女兒，以及在電影院當帶位員的太太，自己實在無法給她們提供更好的生活，試問開的士能令生活變得有多好？他一直不明白家人為何如此不喜歡他開的士，他曾嘗試解釋給她們聽。然而，他終於明白，如果可以，他應給女兒換個新的爸爸，給太太換個新的丈夫，而自己大可落得兩袖清風，又或索性學習一點易容術，改頭換面當另一個人，人生或者可以重來；有時他甚至想，若他乾脆死了，妻女大概只需籌謀喪事，然後就可如釋重負，不再受自己牽累。

鑾看見路旁的店舖也打烊了，唯有那店的燈光依舊耀白，幾盞射燈照着櫥窗前的樂器，西洋管樂銅色發亮，弦樂木質甚好，顯然是優質棗木製成的，但他卻注視在後頭那幾枝紅線雙節紮線笛子。鑾在內地大學音樂系畢業，有好些年曾獲邀在國內四處演奏，可是自從到了香港，他已忘記了多少年沒有接觸笛子，他突然想，到底家裏的笛子放在哪裏？心裏頓時有股酸溜溜的感覺；自從十六年前決定到香港定居，不消一年，他已打消了以笛為生的念頭。鑾不是沒有試過，只是教笛的收入不足以餬口，那年每個月只有幾千塊錢；後來學廚，因為廚房太熱，養成了壞脾氣，結果沒有再做了。他知道有些笛友來港後選擇到學校當校工，當了一年半載，都來開的士了，他們都是文化人。

「大鑾，今天生意怎樣？一句到尾，祝你開工大吉！」同行甲說。

「大鑾、大鑾，收到嗎？」同行乙說。

「一開工就無境[1]，現在紮馬[2]中。」鑾頹然地說。

「有支大旗[3]就甚麼都回來了，最好是麻鷹[4]。」同行丙說。

「你們生意興隆就別調侃。」鑾說罷就把電台關掉。

這不是鑾頭一次切斷與同行的對話，其實同行都刻意遷就他，擔心他情緒失

---

1 「無境」就是沒有客的意思。

2 「紮馬」就是停車等候乘客。

3 「大旗」就是車資面值大的車程。

4 「麻鷹」就是開入機場的車。

控，怕有天他會將的士奮力前衝，把四周的人撞個正着，害了許多無辜的生命。

在暈黃的街道上，除了無意歸家的人在遊蕩，已經沒有人抵着倦怠徘徊不去。淩晨三時許，有一對二十來歲、糾纏不清的情侶，起初還甜膩得惹人注目，但一下子話不投機，女的把手中的菸與玻璃樽直往地上扔，男人猝不及防，連風度也顧不了，直向女人罵了幾句；豈料女人給他一巴掌，再狠狠踢了男人一腳，手指直往男人鼻尖指着，在男人猶未張口說話、仍然吞吐着悶氣時，女人已明明白白地抛下幾個髒字。她說話時就像在荒野的老虎，噬着一頭獸後，想將獸的整塊肉撕去，而沒有遺下零零碎碎的肉屑。她在 **Dior** 手袋中掏出了一些東西擲向男人，然後轉身就走。那給丟下的男人縱然氣鼓鼓，卻只懂呆呆站在暈黃的街道上不知所措，就像一頭在街道上慣性被虐待的流浪貓那樣失態。

「司機，開車。」女人說話間將車門「嘭」的一聲關上。

鑾故意放慢節奏，裝作無精打采地說：「小姐，還不知道往哪裏去，怎樣開車？」

「司機，你只顧向前開。」女人似乎仍按捺不了情緒，就像一艘隨時傾覆或擱淺的舢舨一樣。她掏出電話，把電話關上，用力丟入手袋內，然後吐了一口氣，使力地眨了眼睛，嘴裏不住咕噥着。鑾瞟眼看那女人狀似要嘔吐，身體前前後後搖曳，就像在海上顛簸着一樣。

「小姐，心情不好嗎？」鑾按動車門旁按鈕，讓車窗半開。

女人沒有作聲，只朝着車窗外那一片漆黑。

「小姐去哪兒？」

「天水圍。」

「收到。」

鑾踏着油門，的士直往公路上去。

剎那間，車廂內沒有聲音。鑾忘記了自己已在車廂內很長時間，車廂早已形成一股難以飄散的霉味，女子將頭朝向車窗外，仍無法完全撇開這股腥餿味。

「小姐，妳心情不太好吧，剛才看見妳和男人喊罵了一會。妳懂得嗎？男人不是笨，只是有口難言，我看見他連呼吸也無法協調，這就是男人欲言又止的反應，多難堪。」鑾駕着的士轉上了公路，淩晨時分的道路早已沒有了混濁的空氣，他隨即加快速度，大概維持在時速一百公里。

「小姐，妳知道嗎？我無意令妳難堪，可是在最後關頭，衝口而出的話就是最真實的感受。男人一般都怕面對來來回回的討論，所以今天以後，大局已定。我是男人，我最明白。」電台傳來同行的聲音，同行甲問：「大鑾，現在開往哪裏？」鑾厭煩這種提問，兼且打斷了他的說話，於是就隨便敷衍說：「天橋底[5]呀！」鑾又再把電台關掉。

車已轉入天水圍市內，城市樓房中只有在觀看足球賽事的男人和觀看韓式劇集的女人仍然未入睡。或者，如果可以重新再活過，大概人人都想自己可成為電視劇集的主角。

5 「天橋底」的意思是天水圍。

「司機，天晴商場。」女人說話時神情呆滯。

「收到。小姐，男人比女人難當，又要養家，又要照顧女人的感受，我看你們還年輕，勉強不來就算了吧，趁還可以選擇，應好好想清楚，如果打算繼續下去，就多體諒男人。妳知道嗎？我的太太和女兒二人性情暴烈，瞪眼看我時不發一言，那就是要我讀懂她們在臉色背後的意思來。老實說，我平生最不情願瞎猜，要不依話直說，要不就此作罷。我每次只會隨便說些應酬話來擺平她們。男人終究是男人，總要保留些尊嚴。」

「後來怎樣？」

「每回都一樣。所有事情總是徹頭徹尾地浮現眼前，太太不饒我，常常在原來的話題上轉而評價我的品格，女兒就恃着有些學問，竟大談起為父之道應如何，我無法受得了，就往開工，臨行時耳畔仍舊是兩把令人不舒服的聲音。」的士緩緩轉入小路，鑾不經意地繼續在自言自語：「我沒有責怪她們，反而是自己的情緒至今仍難以處理，或許自己的性情果真不好。」

女子聽後雖沒有回話，然而人的神經末梢就是敏感的根源，女子給鑾的話觸動了。她的眼睛半開半瞇，呼吸比起上車時更急促。的士停在紅燈前，鑾也看看窗外，女人和鑾的目光同時凝定在那黑墨墨的小巷。小巷裏掛着廣告牌，黃光稍微映照在水窪上，剛好顯示出道路的紋理來，路有些不平坦，牆身沾上鐵鏽的黃，發霉後冒出了墨綠色的霉菌來。鑾轉頭竊看倒後鏡，發覺女人仍舊瞧着街上的「易容術」廣告牌。

「妳知道這門手術嗎？」女人緩緩地說。

「不知道。」

「我倒是略懂一些。需用石膏倒模塑型，然後複製出相同的模樣。」

的士抵達天晴商場，雲絮隨的士無聲無息飄至，車外泛起一陣陰涼。鑾拉動的士波棍，按下收費錶，然後說：「多體恤男人，男人都是辛苦的。」

女人在 Dior 手袋取出 Chanel 錢包，多付了鑾車資，臨離開車廂時撇下一句：「司機，那男人不打算和我在一起，我卻懷孕了，你怎會明白？」女人下車後步履有些蹣跚，風一陣吹來，鑾瞄着她的後頭，那女人恰似瘦剩一副皮囊，虛弱的肉體就像鋼筋水泥夾縫中的氣泡，只有在過度擠壓的空間裏勉強地存在着。鑾滥然心頭泛起一股憂戚，如果二十年前太太不是懷孕了，他應該沒有勇氣將她迎娶過來，可是，自從太太產下女兒至今，許多日子也只圍着孩子團團地轉，縱然女兒長大了，鑾卻好像老早沒有了角色，從此只孤寂索漠地生活，彷彿一下子剪去了本來仍然存有的青春。

＊　＊　＊

雨綿綿地下，四周濕漉漉的，凌晨時分的一陣冷雨，使本來糾結的思緒更無法掙破。鑾穿着淺藍色牛仔褲，由於身體逐漸發胖，牛仔褲十分繃緊，而他着實忘記了自己已經多少個小時未有上廁所，近日來身體無故的疼痛愈發頻密，他竟分不清痛楚是來自心臟、胃部、腸部還是甚麼部位，他嘗試按壓又揉搓不同的位置，只感覺所有地方都有痛楚，曾經有一刻他懷疑自己患了絕症，開始產生老年人自覺無用的思想。

同行乙在電台廣播：「有客要車，由和記[6]出來，返馬背[7]，A貨車[8]。」同行丙回覆：「天黑空車入和記，別鬧！」同行甲接着說：「弄清楚是甚麼客人沒有？」同行乙說：「好像是棍頭[9]。」同行甲接着說：「哦，我縱使天不怕地不怕，唯怕棍頭，還要是A貨車，不接了，無福消受。」同行丙笑說：「阿乙，你何來這客人？」同行乙說：「車頭五部電話，已不曉得來自哪一部。」同行丙輕蔑地說：「阿乙，你不是曾說過只做街客，不接A貨車嗎？現在趕發財吧！」此時，鑾突然在電台回應：「阿乙，這客給我，我不怕內地客，我在附近。」同行乙訝異地說：「大鑾，還以為你不在這裏，就這樣，客給你接吧。大鑾，我們同行都撐你

6 「和記」的意思是和合石。
7 「馬背」的意思是馬鞍山。
8 「A貨車」的意思是八五折的士。
9 「棍頭」的意思是內地客。

呀，不慌不忙，又過一天。」

鑾沉默了半晌，今夜終於吐出一些話來：「不是過了一天，是過了一晚。好不容易才熬過一晚，有人就講句話，一旦無客，車外好風如水，真是淒涼。胡混瞎想時，頭腦不純正，腦袋有許多髒念頭，人就愈來愈沉。」

阿甲接着說：「大鑾，你講話還是很有文化，音樂家，有水平。近日兄弟們都知道你為太太和女兒的事情煩惱，有人說過，對酒當歌，人生幾何？明日早上老地方見，兄弟們同吃一餐，好容易又一天啦。」

鑾嘆了一聲說：「我就是不愛早，你知道我為何當夜更？我是故意避開她們兩母女的，早上回去兩人上班上學，晚上開工她們才回來，還是少見面好，衝突就自然減少。而且，不知不覺，過了幾十年，我已經進入人生下半場，仍是一無是處，其實我還有很多事情想做。」

同行喊了聲：「唉！男人就是男人。你以為還是以前在內地的日子嗎？一場演奏許多人來聽，你說多威水。」

鑾又沉默了片刻，說：「不要再提了，有鬼用！客來了，就這樣。」他倏忽將電台關掉，才發覺疼痛又來了，他看了一眼鼓脹的腹部，掃了掃肚腩，原來已經很多年沒有做運動了。

鑾想起早兩天在路上碰巧遇上太太和女兒，這是一星期以來首次面對面說話。他的舌頭像發麻了，思緒桎梏，人也顯得混沌，尤其平常慣性地不見天日，一下子給清早熾烈的光線照着，他着實無法掩蓋那失措的神態。豈知太太在鑾還未弄清該說甚麼話時，就裝出狐疑的神色，說話像一把利刃：「一大清早看見你這個肚腩，好歹也該注意一下，怪形怪相，走開走開。」鑾心頭屏着氣，無辜的肚腩竟惹來憎厭，可恨是瞥見女兒聳了聳肩，起了不明所以的疙瘩，於是他在兩人還沒有設防，就一股腦兒說了堆髒話，怎料兩人竟故作心不在焉，搖搖頭說鑾分明在鬧情緒，裝出一副難以理解的神色。那清暉耀目的光加添了鑾的不安，他胸腔正在調拌一股鬱悶與自憐。於是，鑾決定佇立在大廈門外的巴士站頭，瞪眼朝着太太與女兒那邊看，他伸出一截脖子，咬緊牙關，口裏喃喃着不知說甚麼話。女兒斜歪着眼睛，說：「媽，他一直站在那兒看我們，煞是古怪，我覺得十分不自在。」太太撫了撫女兒的後腦勺說：「別理睬他，巴士差不多到了。」太太與女兒沒有哼一聲，就隨着巴士站的人龍登車。鑾瞪着她們，呼吸愈來愈急促，猶如荒野上一頭餓得發瘋的狼。巴士站旁站着好些人：師奶右手不住在空中撥，明顯是厭惡鑾身體所發出的氣味；青澀少年聽着歌，其實準備用電話拍攝即將要發生的事情；那本來耿直的中年男人神色怪異，分明在遠處已看見鑾，卻在眼前裝作甚麼也沒看見。終於，鑾將手持的白色塑膠袋猛力擲向地上，兩卷廁紙滾開來，直滾至巴士底下，而一堆本用以曬乾的柑皮亦同時掉了出來。他在發脾氣。鑾瞪着巴士上的兩人，卻只看見太太撇着嘴，說了聲：「癡線。」

＊ ＊ ＊

潮把的士停在和合石路巴士站。他把車窗全部關上，卻仍舊聽得見蟬鳴，似乎與以前聽的沒有兩樣。他把手臂擱在車窗旁，不經意地嗅一嗅手臂上的氣味。

他在想像中年婦人和女子是否會嗅到自己身上有股怪異的味道，這種味道已經很多年了。於是，他開啟車門，下車，在繁茂的樹下拐了一圈，再拐一圈，然後脫下外衣，用雙手費力地把外衣在空中揚了揚，再嗅一嗅，外衣的氣味果然減退了些。於是，潮坐在的士車頭，雙手往後按，挺着身體，眼睛望向和合石墓園，但已看不見中年婦人和女子。

* * *

的士早已停泊在和合石路的避車處，鑾故意捶了幾下大腿，就當是對太太和女兒不滿的發洩。內地客仍舊需要五分鐘。四野幽靜，墨藍的山巒早已脫去了藏青，蟬不住地叫喚着，形成一陣擾人的態勢。蟬無法理解鑾到底在自憐着甚麼，蟬聲只不住地響鬧，就似是為這裏的幽魂奏着各自的輓歌。鑾今夜故意接下這個客人，和合石正好是他想要了解的地方，一來要了解這裏的環境到底怎樣，與此同時亦可感受一下地靈山秀所溢出的山嵐與氛圍，以便有朝一天葬在這裏，也可了解這裏氣候是怎樣變化，人聲如何孤寂。他開始感到自己有些精神恍惚，目光凝滯，就像凋零了的黃葉掛在枝椏上卻無法掉落一樣。縱然每人都可在這世上活一趟，他卻從來未得到半分滿足感，就如一尾蝌蚪永世都在河流淺水中上下游溯，而終究無法游出大海以體會海洋的浩瀚與蒼茫。

「咯！咯！咯！」的士門敞開，內地客登上車，以尚算純正的廣東話跟鑾說起話來。

「司機，抱歉，讓你久候了，耽誤了時間，請收全費，不必打折，嘻！」

鑾立時回應說：「沒關係！沒關係！坐好開車。」他開始打量着內地客。暈黃的路燈照在他的臉龐，這人大概四十來歲，皮膚粗糙，目光銳利，嘴唇豐腴，雄健龐大的身軀穿上筆挺的白色西裝，這樣看來是一副不賴的命相。

鑾問起內地客來：「天這麼晚還在這裏？事情不是都辦妥了嗎？」

內地客說話時聲音雄渾：「沒有，我是商人，專營墳場業務，尤其是墳墓的裝飾與美化工程，我都一力承包。這年頭弄墳塋的人很多，弄得風風光光的着實不少，說到底你們香港人很懂弄門面。」

鑾應對着說：「人已死了還弄甚麼門面，簡直愚不可及。」

內地客嘻笑了一聲：「也不是這樣說吧，你知道嗎？現在人人都忙，生前沒有理會家人，家人一死才後悔。」內地客搖搖頭說：「那死後弄得登樣一點，總算是彌補，心意心意。」

鑾冷不防想起太太和女兒，莫說是生前對自己的愛護，就連死後的葬禮還不曉得成了怎樣的局面。他無法想起上一次和家人和平相處是甚麼時候，只知道現在自己和家人的關係就如冬日萎謝的花。車內有些寒，鑾在肩膀搭上一件陳舊的衣物，他裝作隨意地問：「請問怎樣做才可以在這裏輪候一個靈位？」

內地客自豪地回應：「這是我的專業範圍，你家人有需要嗎？」

鑾腼腆地告訴內地客說：「是我想預留一個。這裏環境挺佳，幽靜自在。」

內地客笑了一笑，然後說：「老兄，可不是生在這頭，抑或死在那裏，甚麼環境挺佳，人死了還計算甚麼風景。我老實告訴你，所有墳墓對於死了的人都不存在意義，它只是用以撫慰在世的人，以及給世人繼續借機會填補思念。」

「那如果世上沒有思念自己的人呢？」

「那就不必墳墓了，亦無需要紀念，乾脆一把火燒了，然後把骨灰撒到海裏，一了百了。一撒入海，回歸大自然，哈！」內地客説罷仍自若地笑着。

「那如果沒有家人撒骨灰入海怎辦？」

「那就隨意找位職員將骨灰傾倒，就像堆填區的職員傾倒廢物。」

鑾勉強憋着笑説：「對，對，十分有理，廢物就是廢物。」爾後，他扭開了收音機，兀自傳來一陣莫名的交響樂曲，他不懂得西洋音樂在彈奏着甚麼主題或思想，只感覺低沉的音樂聲有些刺耳，像一群縈繞不去的蒼蠅在四野亂舞；忽爾一下重擊聲，縈繞之聲頓時消失，如一片死寂的髒水，水上倏忽又飛來本應飛去的蒼蠅；在低沉的音樂聲再次奏起時，刺人之聲逐漸幻化成跫音，似乎愈來愈近，最終而成一種難以抵擋的脅迫，直迫到的士車廂內。頃刻，節目主持温濡地告訴聽眾：「感謝各位聽眾收聽剛才的交響樂，曲目為〈惶惑〉，下次再會。」鑾迅即扭動收音機按鈕，關掉。他愈發在想，車愈發駛遠，車外霓虹燈映照車廂內，光影一層一層地刮過鑾的臉，那死灰的臉色直展露鑾的呆滯，脅着身體無故的疼痛，就如一壁剝落了的石灰牆。他猛力踏着油門，的士闖進城市內圍，停泊在巴士站頭，鑾的心頭有些無故的惱怒，晦氣地說了些髒話，就告訴內地客車資九十九元正，內地客聽後喜極說：「司機，九十九寓意長長久久，有生意找我，折頭好說。」內地客放下名片，雙手作揖後下車，完全沒有留意到鑾蒼白的臉。

這四周像充塞瘴氣的夜毒害着人的神經，令本來夜闌人靜的晚上變得使人意亂情迷，的士又回到墨黑的後巷前停泊着，「易容術」廣告牌依舊被黃燈映透着，他瞪着眼朝廣告牌看，亦在四處窺伺那些不知名的景物，大概一句鐘零一刻，他的思緒不住在想起混沌的從前和闇黑的將來，就連死亡的方式也無法敲定，他心裏有股煩躁正在不住地繁殖。鑾想起大半生一事無成，如果時間可以重來，誰不願意重新活一次？他開始想像如果真的可以重來，現在的日子應該很不一樣。

如果早兩天可以重來，他不會在巴士站口與太太和女兒瞎罵。

如果上個月可以重來，他不會白白錯過女兒的副學士畢業典禮。

如果兩年前可以重來，他不會讓太太在電影院當帶位，從而遇上舊同學K君。

如果五年前可以重來，他不會酗酒後脅迫太太和女兒，企圖引火自焚。

如果十二年前可以重來，他不會老羞成怒與大廚對罵，以致丟了工作，因而被太太怨他莽撞，做不成一間五星級酒店的員工。

如果二十年前可以重來，他不會隨便答應女友將她迎娶，又不會膽敢承諾照顧女兒，造成現在如濃霧深鎖的家。他更不會因而放棄當音樂家的夢想，怎樣也比起現在好得多。

如果三十年前可以重來，他不會只顧賺些小利買衣服趕時髦，那年同班的L君現在已當了律師。活該。那年媽媽仍在。

如果四十年前可以重來，他不會把媽媽借回來的英文圖書撕碎，害媽媽賠了錢又給四周的人數落；如果英文像樣些，怎樣看也總比當前的生活好，那年剛好爸爸不在。

如果四十八年前可以重來，他不會喊出第一次哭聲，乾脆夭折。

鑾一下子想透了過去四十八年，他無法理解為何一個平凡人的大半生都是悔恨，就像眼前那溝泥水倒映出來的虛幻，無論怎樣看亦不可能帶有生氣。泥水裏仍舊映照着扭曲了的「易容術」三字，鑾的視線再次掠過招牌，那種巧合的黃色，好像小丑服飾上的黃，十分鬼魅。鑾看着那潮濕的爛地，地映着的光暈就像他自己的臉，似乎已沒有比現在更糟糕的境遇了。鑾拍了一拍駕駛盤。既然無法背叛時間，四十八年來從來沒有美好時光，現在也沒法釐清紊亂的思緒，那麼，他倒不如下個決心改易一下自己，或者會有意想不到的一天。

＊＊＊

潮在和合石路待了一會，他走到的士後頭，打開車尾廂，檢查一下洗車的毛巾。那一直找不着的笛子，居然一直在車尾廂旁邊的罅隙裏。回到車內，潮開啟了電台。

「潮，今天有客嗎？」

「今天還算不賴，做了幾支大旗，幾次禁區上落，慶幸沒有白鮓[10]和咖啡[11]。」

「你就好景，總之好生意。」

「大家好生意。」

從早上七時至下午三時，潮當了八小時的士司機，他假裝身上的疼痛沒有復發，但雙腿仍然有些發麻。潮如常將的士停泊在的士站後頭，他在等候把車交付夜間的士司機；無聊時，他吹奏起笛子來打發一下時間。

＊＊＊

今天的紅木棉開得很盛，風亦把棉絮吹得很遠。

10 「白鮓」就是交通警員。

11 「咖啡」就是交通督導員。

# 風聲

「這無法預知的局面大概只為我鋪設可安插的罪名。」

教師桌上擺放了計時器，用來量度討論的時間。電腦屏幕上是待會上課的簡報，旁邊端正地打開上課筆記。平板電腦顯示剛才仍在修訂的教案。杰屏着氣，眼睛凝視着學生的座椅，待會一眾學生進入，或許仍有少許時間提示他們。事實上，杰昨天已告知學生怎樣配合自己，甚麼時候回答問題，甚麼時候積極討論。杰無法預計學生是否會按照指示，從而呈現這是一堂甚具參考價值的公開課堂；然而，他已在想像這節課堂後，必定會傳出許多不必要的說法，他認為很多人會就他的教學設計提出質疑，或是重點評論他的教學步驟；有些愛造謠的人可能會對他說話時的語調或節奏加以批評，尤其是他天生的尖細嗓音，這些難道他自己不知道嗎？杰幾乎可以肯定有些說法必然集中在他的髮型、膚色、穿著和皮鞋上，早兩個星期他已特意抽空到海灘乾曬，他認為黝黑的膚色看來比較沉實；鈷藍色的襯衣配搭褐色正裝褲子，皮鞋油光面，這種衣搭和昨天一樣，他是故意的，以免學生因其衣著變化而引起無意義的騷動。可是，當學生走進教室，杰看見幾張沒精打采的臉容，他開始懷疑刻意穿著相同是否神經過敏，反而可能會惹來更多無謂的猜度。

這陣子天氣翳焗，人好端端也會無故生出好些鬱悶，杰老早表示不願意在這種日子開放課堂，大概誰也會因着天氣的緣故而給予課堂負面的評價，這毫無疑問對他來說是極不公平的。他不是沒有提出過抗議，只是抗議不但起不了任何作用，那些不辨情面的決策者竟把這次開放課堂升級，除了原先校內的同事，今天還邀請了校外機構的教育人員、政府官員和傳媒。決策者的考量毫無疑問是一場賭博，一旦杰的教學水平很好，這個課堂順理成章會成為對外宣傳的工具；但假若這個課堂表現不濟，決策者必然毫無保留地評斷與指控，杰因而無可避免會感到愧疚，從而在往後的事情上加以服從。即或是開放課堂的後果沒有預期般嚴重，至少這個課堂表現多少影響他轉職常額教師職位的可能。

於是，杰逐漸感覺到自己的頸項繃緊，繃緊的狀態自觀課人員進入課室後，一直伸延至脊椎、手臂以至雙腳的肌肉。杰無意間將目光投向座席中的權，權是唯一曾經和他討論過教案的人。權告訴他這次公開課堂最主要不是為了顯露個人在教學上的才華，反而，他應該藉這次課堂展示新式的教學法，以顯示自己能與時並進。於是，杰在這個課堂試驗以擴增實境（AR）方式指導學生寫作，至少在這學校裏是史無前例的，他擔憂的從不是學生上課時的反應，反而是決策者能否理解新技術對課堂所帶來的作用，以及學生在學習上將有怎樣的意義。

正當課堂進入分組討論環節，突然窗帷兀自翻動，一陣風毫無預兆地吹入，打破教室裏的翳悶；就在此時，陶校長、其他決策者、記者、其他老師紛紛起來走近學生，觀察學生討論，杰卻把目光投向翻動中的窗帷，他覺得外頭的風聲突然吃緊，且慢慢地形成侷促且使人暈眩的感覺，而這種暈眩感多少對學生造成干擾，在意識上不免形成某種無法抵抗的混亂。杰開始留意課室裏的動靜，決策者以嚴厲的目光直視學生的課業，記者專門捕捉學生打瞌睡的姿態，同學K胡混地指劃和說明寫作意圖，同學L一直板着臉又緊抿着嘴，顯然就在暗示這是何等無聊的分組活動，同學M刻意和校長爭辯，動作尤其明顯，直至討論時間將近完結時，他將鉛筆直往枱上扔，藉以表達對校長的不滿和埋怨。他是故意的。杰一直懷疑開學後在網上社交平台指名道姓咒罵他的就是同學M。杰曾經替學校借出場地予政府機構，大概影響了某些利益團體而遭到侮辱；又那天他曾在禮堂告訴校長好些老師沒有在周會當值，跟着他在網上就給無端地數落。直至早幾天，他被安排開放課堂，網上就像連續劇般天天熱絡地討論，不知誰把這次安排說成是他主動提出的，將他說成是愛受注目和出風頭的人。他一直無法相信學生可以神通至此，幾可肯定這些事情定必有某些老師從中策劃，唯一無法肯定的是，同學M

是網上代筆，還是由老師匿名書寫。杰曾就這些事詢問了柔，他認為柔是可靠的老師，至少她外表溫文，就像是可以信賴和依靠的人。然而，這課堂至此注定給毀了，似乎無可挽回的不單是餘下的這個教節，還有他七年來努力經營的前途，以及在同事、學生之間的美好名聲。直至現在，他仍無法理解自己曾詆毀了誰而遭到如此對待，他曾嘗試反思自己的良心與行為有否違逆，亦曾刻意加倍善意地對待他曾經懷疑過的人，可是換來的卻是再次受到過度的無視與不屑，以致他在心理上產生更多莫名的憂悒與困擾。為了避免將來受到更多無理的對待，他在學校裏正嘗試展示各種偽裝的表情，以掩飾自己正處於無法擺脱的困境之中。

＊ ＊ ＊

黃昏對於慵倦的人有一種獨特的誘惑，杰無法否定自己已深深地被絳紅的落霞牽引着情感。每次在學校六樓走廊佇立，眺望海岸那邊的紅彤，都會想起一直以來無可企及的追求，至今仍舊是遙遙無期。他七年來花了無數的時間在工作，一直盡力抓緊所有表現自己的機會，卻難以理解何以現在落得如此光景。

已經是晚上八時正。杰心裏莫名的憂戚仍未能散去。隨之而來是那無止境的課業批改。杰在座位上左右擠着身子，感到很不自在，他霍然戴上音樂聽筒，打算未來一小時把那疊作文批改好。怎料那些無意識的文章創作，使杰更感失落，他還打算逐一眉批，然而眼見文章寫得草率，毫不扎實，似乎無法辨清寫作意圖的作品着實不少。怎料偶然見到一篇文筆亮麗、清通多姿的文章，唸起來鏗鏘鏗鏘，格外吸引，當中帶有儒家文化價值的省悟，甚見工夫。只是，文章的觀點看來不是中學生能想到的，杰悻悻然擱下紅筆，將文章最顯微之處在電腦上查考，很快便證實通篇作品都是抄襲的。他氣呼呼地在桌上狠狠一摀，他開始懷疑是自己的教學出了問題，還是這些學生故意留難自己，抑或是學生背後已受着不知甚麼人的唆擺，才產生這種無法理喻的抗衡。

杰站了起來，心中有股難以排解的氣，他再次回到走廊上。風在外頭一直呼呼地吹，眼睛看着暗啞的地磚，他在來回踱步。倏地，杰一下子清醒過來，才想起瑤上星期稱賞自己為學生補課，其實是在埋怨他，補課早已造成根本的反效果。

「杰，學生果真喜愛你的學科，每天纏着你補習，你的工夫最到家，我們就連相約學生的空間都沒有。」瑤說話時語調特別扯高。

「沒有，都是為了學生。」杰回應。

「你果然是最為學生的，校長馬上給你升職好了。」瑤說。

「哪裏，哪裏。」杰支吾地回應。

「聽說你常常工作至晚上。」

「我做事慢！」

「不是快或慢的問題，是留在學校還是離開了學校的問題。剛才已經說過，你很快升職。」

「我還是合約老師，甚麼時候轉職常額還未曉得，怎來升職。」

「轉職慢，升職快，真智慧。」

杰一下子反應不來，說話就這樣停住了。那夜，杰仍未搞清楚自己的表現真箇有人垂青，還是給挖苦。現在看來，大抵這些年來拼了命工作，倒招來這等說話。

「這些惱人的天氣，早上明明這樣悶熱，晚上竟起了風。」權突然出現在杰身旁，並遞上一罐黑咖啡。「這幾年來，學校到底怎麼搞？常常無故起風，有時倒摸不清路數。」

杰接過黑咖啡，「咔嚓」一聲打開，徐徐喝了兩口，說：「你說得對。」他在聆聽風聲，風聲有一陣沒一陣的。

「你今天開放課堂，總算完成了。」

「怎樣，你聽到了甚麼說話？老師們有話說嗎？還是學生已在談論？不是，是決策者，你和決策者好接近。」杰右手開始緊捏咖啡罐，鋁罐因而產生了「啪啦」的響聲。

「你別這樣緊張，都過去了。」權拍了拍杰的前臂。

兩人靜了下來，權指向海岸前公路上的各種汽車，請杰看一看。

然後，權說：「你打算甚麼時候看醫生？」

「未有打算。」

「我還是勸你看，看了沒有害處。」

「還是不看好。只是，有時受不了謠言，心頭就像給擠壓着般，頭皮發麻。」

「那已經是徵兆。」

杰輕嘆了一口氣，說：「有時，嚴重起來手不住顫抖，身體更會無故地抽搐閃動，特別在心臟附近的位置。」杰瞥向咖啡罐，然後說：「今天開放課堂怎樣？大家怎樣說？」

權搖了搖頭，說：「我不知道，大家甚麼都沒說。」

「沒說就更加嚴重。」

「你不要再上社交平台看那些沒有益的說話。」

「我怎可不看？不看怎樣應對？」杰氣咻咻地說：「老實說，這年頭當老師可真可憐，就算病懨懨，還得死命的回來。有時睡意濃稠，就是嘴唇翕動亦都要不着痕跡，別說我是個窩囊廢，試問要管理一班好動的學生需要費多少精神？那天我遲了些進課室，其實只是趕印筆記而已，恰巧給瑤碰個正着，她就四處向人說，好了，甚麼前途都沒有了。」杰說罷一副低首斂眉的神色。

「沒有這麼嚴重吧！你也只是想轉職常額職位，有甚麼值得憂心？」

「怎樣不憂心？我仍舊是逐年簽約，已經七年光景。我就好似一艘在汪洋中漂浮的船，每天盯着渡頭，但最終仍無法靠岸。權，你已在渡頭上岸了，你怎會明白？」

杰雙手擱在欄杆上，頭垂下，使力眨了眨眼睛，眺向對岸萬家燈火，說：「你看看那些燈火，各家各戶都家財萬貫，而我就只是那些燈火之間的混沌和晦黑。」

權輕笑了一聲，往走廊後頭攜取兩張本來安安分分的座椅，坐下。

杰繼續說：「你知道瑤就住在那邊高聳大樓中的頂層嗎？她早在許多年前購買了第一套房子，後來物業漲價了，她從中賺了不少，更重要是她得了樂趣，就繼續購買了幾套新的，現在是有錢人了。對她來說，教師只是風流工作，打發日子。你沒有看見她每天都在看財經版嗎？」

「她是經濟科老師。」權回應說。

杰沒有說話，坐在椅上眼神恍惚，喉嚨乾澀，他一副心不在焉的樣子，彷彿在森林裏迷路已久卻無法尋到出口的獵人一樣，那僵硬的肌肉與膨脹的血脈就像在預示他那空洞的寂寥，如果不是他偶爾抽了抽鼻腔，還以為他早已失去了靈魂。

權拍了拍杰的肩，說：「別再奢望吧。當下仍要批改作文、擬寫通告、宣傳活動、聯絡家長、項目報價、共同備課、集誦練習、推介好書、出版校報、製作筆記，今年還要籌備校慶。還有，聽說今年增加了觀課觀簿，我還有三天晚上要進修碩士課程，最重要是，明天仍有小學宣傳活動。」

杰嘆了口氣，搶着說：「所謂教師，只可以想像當下怎樣工作，卻不應過度想像將來。」杰強嚥了口水，胃酸又自喉頭湧來。

權沒有回話，對杰禮貌地淺笑，點了點頭，就離開了。

風自教員室門縫吹過，風聲呼呼地響，杰把門打開，風聲止住；及至門再次關上，風聲又再次響起，似乎是永無休止地響着。

杰蜷縮着身體，已經晚上九時十五分，他一直懷疑自己的工作能力，長期堆積的工作，几案上總是高疊的課業簿，多個以不同顏色分門別類的文件夾，一疊又一疊不齊全的回條。當他打算登入電腦，開始草擬兩星期後的活動家長通函，暗夜裏的心房沒有防備，突如其來的神經閃動在他身上抽搐了不知多少遍，杰不期然將眼前的鍵盤往前一推，竟打翻了整杯溫水，旁邊的作文一下子濕透。杰趕忙掏出衛生紙抹了又抹，然後將作文紙捧在空中搖晃，就如一雙翅膀在空中打轉。杰將一張張作文紙鋪在窗櫺旁邊，有些平放桌上，有些用木夾子掛在麻繩上，他以為用熾烈的光管就可如曬衣服般把作文曬乾。杰屏住了氣，手又開始抖着，心臟附近再次無故地抽搐，眼睛雖然看着作文，心裏卻想着是否應再次登入社交平台，看自己怎樣再度成為審判中的主角。

＊＊＊

那天之後，天氣起了變化。自昨夜起風，風就再沒有減弱的跡象。

「如果不是我過分臆測，杰來年將無法轉職成為常額老師。根據慣例，就算老師在課室內瘋言瘋語，口沒遮攔，若沒有觸動家長的神經，陶校長就當幻覺而已。可這次杰在媒體前弄翻了，他簡直是將自己綑縛了一樣，做出人所皆知的錯失。」權用手拈着舉起的紅筆，說起話來好像非常精準，滿是睿智。

柔正坐在權的座位前頭，按捺不住，起來，上身俯按在高疊的課業簿上，說：「權，請別再分析當前形勢，小事一樁。」

權睥睨着柔說：「妳永遠都不懂將局勢看得通透，轉職與否不只是表現，還得塑造合理的文化，如今杰把自己糟糕的表現公諸於世，怎樣說，我們是語文人，就打個譬喻，就像甚麼呢？嗯，就似是本來在洞穴裏無人知曉的蜘蛛，一旦露了相，就容易捕捉了。這樣也好，陶校長判斷合約老師表現時可簡單。」

柔隨即緊皺着眉說：「那你要不乾脆直接向杰分析，否則別再在這裏造謠生事，校長必不如你所說。」柔吞了吞口水，接續說：「無怪乎她現在當校長，你現在還坐在我的後頭。」

就在權面露不悅之際，柔接着說：「還有，杰回來後請多給他一點鼓勵，不要再多說話了。」

這天，杰沒有上學，他請了假，是七年來的第一次。

杰正朝那棕色大廈走去，幾十年來，這大廈所有商戶都是診所。此刻，杰茫無頭緒地駐足在大廈的水牌前，他仍搞不清楚身體內無故地抽搐應到甚麼專科求醫，如果是神經科似乎過敏，如果是皮膚科卻太表面，如果是心臟科就像正中要害，然而水牌卻老實地涵蓋了許多知名或不知名的醫學專科，他不懂得選擇，亦沒有詢問大廈管理員的意圖。他想到這些年來死命地工作，完全忘卻了身體所產生的變化，杰開始悔恨自己竟走到這個地步，他已來到了診所大廈這裏，但他實在不願意承認自己心理上出了問題，只勉強接受自己因身體過勞而引致各種突如其來的變化。

這裏所有商戶都向地底伸延，彷彿在說，沒有隱世暗病的人不要找上這裏。電梯往下降，沒有了地面上的風聲。杰的心情仍然無法平復，就像逐漸有一種始料不及的纏繞在逐步加劇。

來到診所門外，牌匾寫着「心臟科醫生」。

在診所裏，牆上掛着一幅油畫，一隻彩鳥在天空中飛翔，一隻麋鹿在草地上奔走，一株小草自在地生長着。護士坐在掛牆式風扇下，而風扇像很久沒有開啟過似的。護士替杰檢驗了身體，初步看來，表面一切正常。

醫生是一副經驗老手的樣子。「你的身體有甚麼毛病？」醫生說。

「我的身體常無故地抽搐，特別是在心臟附近的地方。這種閃動促使我整個人常無意識地動彈一兩下，我覺得這狀況十分異常。」杰說起話來有些焦慮。

「我看你的臉容十分疲倦，而且似乎有些憂慮。」醫生說。

「我的確時常憂慮。」

「那麼你為何看心臟科而不是精神科？」醫生問。
「我不知道。我想我不是精神問題。」杰說。
醫生用聽筒聽聽杰的心肺，然後表示：「一切正常。」杰默然不語。
醫生說：「我替你照超聲波和靜態心電圖。」杰點了點頭。
嘟！嘟！嘟！
醫生開始替杰檢查。
「先生，你當甚麼職業？」
「老師。」
「中學抑或小學，大抵不是大學吧！」
「中學。」
「是嗎？當中學老師最苦，似乎中學生最不好教，反叛是常態。」醫生一邊說，一邊瞪着眼看電腦屏幕。
「怎麼說呢，總之家家有本難唸的經。」

「中學老師須指導學生應付考試，又要關懷學生情緒。有些學生隔代照顧，有些過度富有，有些過於貧窮，有些視野狹窄眼界不足，有些欠缺遠見不諳世情。」

「是，醫生你很懂得。」

醫生覺得杰沒有甚麼興趣回應，就在杰身上塗抹一些啫喱狀物，繼續替杰檢查。

「那你的憂慮是甚麼？」

「醫生，你不是當老師，你無法理解。」

「當老師前途挺不錯，對嗎？」

「前途好壞就得看際遇。有些合約老師遲遲未轉為常額老師，而成了常額老師又期求可以升職。甚麼職業都是這樣，行行一樣。」

「那收入安穩還不賴。」

「收入只足夠應付生活基本需要，如果要奢侈一些，就得考慮很多了。」

醫生繼續塗抹啫喱，說：「教師每年加薪還是挺不錯的。」

「還可以吧。現在當合約老師可真不爽，不僅是公積金和強積金的分別，還不一定每年加薪。」杰說話時語調緊迫。

「那你着重前途嗎？」醫生說。

「這個當然，有誰不重視？」杰說話時不曉得為何握着拳頭，心臟跳動立時急促起來。醫生吩咐他不必緊張，可是，杰的過分緊張，早已成了慣性，就如一束箍得過實的鮮花，香氣變得無法釋放。醫生吩咐杰轉換一個姿態。杰才發現原來自己身體朝向下的一邊早已壓得麻痺，彷彿沒有了感覺。直至轉換了方向，整個身體仿似重新再活過來，他把頭搖晃了一下，促使自己的意識更清醒。

「醫生，你似乎頗了解教育？」杰說。

「還可以。差不多每天都有教師來這裏求診，這世代心臟治療是相當重要的。有些已經當老師許多年的人，早對教育麻木，只把教書當作打發時間的工作。這也難怪，愈教得久，愈給擠壓多時，這種病人多已呈現疲倦的表徵，對新事物難以提起興趣。據學理上的分析，接着而來的，就是無可避免地產生各種反抗，時常提出諸多尋根究柢的問題。這種情況，心臟就需要進一步治療。然而，這類病人卻有個明顯的優點，就是對整個檢查與治療相對熟悉，許多時候不必多作解釋，只要不碰着新事物，一切沿用舊有的做法，他們都會配合。」

醫生着杰坐起來，穿上衣服，他就轉向電腦前輸入資料。醫生接着說：「另一類病人來診，大概當教師還沒有多少年，就如新生嬰孩般對世上的所有事物充滿好奇，這類求診者腦筋特別靈巧，有時告訴他們以新的療法治療，他們幾乎都會二話不說地答應，勇於嘗試全新的治療方法。他們最重視的是治療果效，以及療程的價錢是否可負擔。他們有時也會因為忍耐不了，而產生過度緊張和憂慮的情緒。他們的好處是對四周事物仍未盲目，但也常常因為不合自己心意而造成各種各樣的不滿意與困惑。」

「醫生，我是前者還是後者？」

醫生仍舊在仔細地閱讀數據。

「先生，你一切正常，唯一是偶爾有過度緊張或焦慮，狀似第二類病人的表徵。這亦可以解釋何以身體無故抽搐。」

「那麼，我的問題是生理的，還是心理的？」

「似乎是心理造成的。」

「怎會？」

醫生點了點頭，說：「你在工作環境裏，盡量嘗試不讓外間的言語打擾個人狀態，且要避免經常想及前途問題，這樣，可能有助改善現在的情況。」

「那麼，我需要吃甚麼藥嗎？」

「不需要，或者我轉介你看精神科，你似乎是過度緊張。」

「不用！」

「上述兩種當老師的人，最終都因着我的轉介而獲得更適切的治療。」

「我沒有問題，只要心臟附近沒有疼痛就可以。」

「你還是會疼痛。」

杰感謝了醫生，欠身後退到門房外，付了診金，一直往診所門外走去。他的思想沒有因醫生的說話起了太大的變化，他充其量只接受進一步閱讀醫學數據，來印證醫生的講法是否真確。

＊＊＊

自從杰了解到自己有可能在心理與生理之間存在着一些問題，他開始特別留意自己的思緒。決策者今早終於聯絡了杰，請杰明天一大清早到校長室去，討論當天開放課堂的事情。

在柔沒有課節時，杰打算詢問柔，到底自己是否真的有病？兩人坐着，抬頭看見一株火殃簕，這樹有藥性，性味苦寒，可助排毒。

杰呆怔怔地對柔說：「柔，我是否經常辦事不力？」

柔臉帶錯愕地說：「杰，你何以如此惴惴不安？你一直認真工作，為何突然有這樣的罪咎感？是不是因為上次開放課堂的事情？還是有人又在背後說三道四？」

杰神情肅穆地說：「沒有。醫生說我身體抽搐大概與心臟無關，是心理問題。」

「你仍舊擔心轉職的可能？抑或是對周圍過度敏感？」

「擔心，可以不擔心嗎？那些流言蜚語從沒有平息的一天，愛造謠的人就像喝咖啡成癮，咖啡不可一天不喝，謠言不可一天不造。那些說話有毒，就是要替我創作做事的動機，舉凡我做任何事情，都會給人牽扯到轉職的事上來，把我說成利慾薰心。」杰說話時眼睛直瞪着火殃簕。

「杰，你別受這些膚淺的言論影響。世上只有兩類人幫助謠言發酵，第一類是說話人本身，因為說話人本來無法走出利慾薰心的羈絆，所以思考角度只能困於名利之中，而無法想像其他人本來只有單純的思想；第二類是愛聽謠言的人，因為聽聽無妨，聽罷可以隨便擱置，又可以偶然拿來消閒。」柔說。

「那麼權是哪一類？」杰問。

「別說他吧，反正我們既不是第一類，又不是第二類。就將權歸作第三類吧。」

「第三類又是甚麼類別？」

「大概就是又愛造謠又愛聽謠言的人。」

「這倒是真的。」杰立時回應。

柔接着說：「杰，別顧慮那些危言聳聽的話。我倒是想你思考一下，這七年來，你的時間到底花了在甚麼地方？」

「我不知道。」杰的身體抖動了一下，清了清喉嚨說。

杰接着說：「不知從何時開始，我的精神都困在那些不協調和不知名的工作上，再添上流言蜚語，我的思緒無法專注在學生身上，也無法形成樂趣。我覺得自己就像一個把守着森林的警衛，日夜只困在密不透風的更亭內，害怕無以名狀的動物突然出現，又害怕那突如其來的幽谷風聲，導致寸步不離而忘卻欣賞大自然的林木。事實上，我是不折不扣的害怕丟了工作的警衛，但這並不代表我不是一個稱職保護森林的護林員。」

柔應聲接道：「如果這些動物是無以名狀的，那或許只是幻覺，人在疲倦時最容易將虛假的事幻想為真實，而層出不窮的測試也不一定準確和真實，其實真實的只有在空中環迴掠影的彩鳥、四處躍動的麋鹿和芬芳撲鼻的香草。」

杰聽了柔的說話，除了想起診所內的掛牆圖畫，他卻仍舊在憂慮與決策者明天早上的會面。然而，杰仍感覺到柔是個可靠的人，至少在辨識自己的問題上，柔比起自己更加清楚。

＊＊＊

這個早上，天還未亮，四處像剛奏起了藍調，杰在黑昧與晨霧的交叉點，拖着疲憊的身軀回校。這天，街道上翻起了猛烈的風，風聲不住，像一頭伺機撲出來的獸。這是杰頭一次六時正回到學校。甫推開教員室門，他未料到教員室的光管已經亮着，那耀白的光正照着他的皮膚。

「這可是頭一次看見早上六點鐘的你。」瑤氣定神閒地說。

「瑤，早上六點鐘在校，於妳是常態，還是偶然？」杰帶點訝異地反問道。

「常態。」

「忘了跟妳先說聲早。」

「『早』本是人類生存必不可少的概念，如果誰人能把握早上起來，就必定能有清醒的頭腦。」瑤頓了頓。「那你為何早早回校？」

「我今天會見校長和決策者。」

「你有甚麼考慮？」

「我不知道，大概網上平台又流傳了新的說法。」

瑤站了起來，說：「我從來不看社交平台。不看不代表我不存在於這些平台中，只是，我絕不容許這些平台或說法干擾自己的節奏。舉例而言，曾經有一位老師以極其冷靜的語調對我說，請你配合工作進度，他似乎在暗示我所做的事不稱職。又或是說，現在學生有任何不滿意就會投訴，甚至誇說受到不同程度的虐待。然而，無論這些事情到底誰是誰非，或者怎樣流傳，亦無礙我專心工作。」

杰點了點頭，呷了一口咖啡，再在抽屜裏掏出一盒小吃，然後就在電腦鍵盤前輸入文字。倏地，瑤將一張又一張的作文紙自木夾取下，疊好，安放在杰的桌上。

「風聲轉向了。這些似乎是你學生的作文，是時候收拾一下，丟了責任可大。順便提醒你收藏好，免得人家說你佔用公共空間。」瑤說。

杰頓時站起來，向瑤道謝。

杰支吾了幾聲，對瑤說：「我看了心臟科。醫生說我要放鬆，不應緊張。心臟是人的核心，受不了外間的變化就會使身體有異，或許身體內無故的抽搐皆源自情緒。」

瑤眺向窗櫺外的天空，說：「起風了。」她走向杰的身旁說：「我丈夫就是心臟醫生，他的診所有一幅畫，畫中是一隻彩鳥在天空中飛翔、一隻麋鹿在草地上奔走、一株小草自在地生長着。我最愛這幅畫，很簡單。丈夫曾幾何時打趣地說要替彩鳥、麋鹿和小草各自繪畫心電圖，就像牠們都有生命一樣。你有看見過嗎？」

杰思索了一會，想了又想，表情沒有以往般繃緊，他正在回想起診所裏的圖畫，以及圖畫中嶄新又陌生的世界。可是，就在此時，一陣風聲突然自教員室門縫吹入，強烈的呼嘯聲，彷彿從來沒有如此響亮過，杰隨即心頭一緊，心裏泛起了一份前所未有的恐懼，頃刻，他感覺自己已不能再改變眼前的狀態，思緒裏就像有了自己的想法。於是，他向瑤回說：「從沒有見過！」

「好吧！那麼，你今天有甚麼準備？」

「沒有準備，我還要準備甚麼？」

他知道，是時候要到校長室與校長和決策者會面了。

對於杰而言，這個平生以來最難以理解的會面，不單止是荒謬，更是對於個人自尊與價值的批判，他知道他將無法改變將要來臨的狀況，這次會面，注定是沒有指望。他幾乎可以肯定，在這個無法預知的局面裏，早已為那些不安分的人製造了不同的藉口，且根本地替他鋪設可安插的罪名。然而，到底誰有這種權利決定他的未來？縱然他的未來如一株光禿了的火殃簕，甚至由於毫無價值而終將被折掉，這卻只能預示他將在長期不安穩的狀態中有了全新的結局，至於他的靈魂可以怎樣安放，全取決於他個人，任何人都無法干涉。今天他遇上這種無法自辯的審判，只可以說明，這是他在命定中被分配到的唯一角色。

就在風聲又再次從門縫中吹入的時候，杰站了起來，大力拉了兩下衣衫，徐徐地往校長室走去。

# 倒數七日

## 倒數第七天

公共屋邨外一棵土沉香常年生長着，卵形短柄樹葉長得茂密，果實長出灰色短毛，且逐漸呈現微黑。人們不懂得這棵土沉香的樹皮何以至今仍未被割去，大概公共屋邨的居民早已習慣在邨口外緣有它的存在，猶如人們習慣了皮膚表面或多或少總會留有疤痕。

強在公共屋邨商場開辦雜貨店。他常以為胖乎乎的身體令人感覺霸道，街坊不好理解，故此這些年來刻意保持骨節嶙峋，面頰癟了下去，顴骨隆起加上粗糙的眼眉，外表看來憨厚一些。三十年前到現在，雜貨店舖面只曾修整過兩次，一次是開業不久後，給不知從何而來的惡人硬將一盆年桔放在店外，然後要強交付保護費，強索性連桔帶葉奉還；結果翌日早上店舖給淋上火水，幸得卿及時喝止，才避免整間店舖付諸一炬。第二次要算強倒霉，剛進了一批燈籠，打算在中秋節期間銷售，為了雅觀，強故意點燃中間那毛茸茸的白船燈籠，怎料中秋節那天居然翻起本在深秋時才起的風，將那左搖右晃的白船燈籠吹落，正落在店前那堆看來滯銷的燈籠上，火就這樣燒起來，街坊都說那次火光燒紅了整個屋邨，四周從來沒有如此白亮過。

強沒有因為那駭人的火而覺得恐懼，只有那雙在逃生門後的眼睛常牽扯強心裏莫名的空洞。自從那年起，逃生門後的黑眼睛，常使強的身體感到酥軟，有時甚至連貨物也提不起來，雖然他理性地叫自己不要再望向逃生門那邊，可是最終卻無法辨清逃生門是否仍可引領人走至安全的地方。

公共屋邨的街坊喜愛在強的雜貨店購物，卿常在早上走到雜貨店選購物品。

那年卿有孕，卻不慎滑胎了，從此她不打算再生小孩了，大概少養一個，錢亦鬆動些。

這天，卿到雜貨店裏購買啤酒。

「強，給我兩打啤酒。」卿大聲地說。強掏出兩個絳紅色膠袋，裝好兩打啤酒後道：「卿姨，一打買，另一打送。」他說罷便逕自蹣跚地往店內的幽暗處走去。

卿在這張三十年的木桌上放下一百塊錢，然後緊抿着嘴唇又嘆了一聲，說：「我明白的。還有多少天？」

強心裏一股青澀的酸湧來，喟然地說：「還剩七天。七天後就開始找事消磨時間。」

卿瞎摸了一回，隨手抓了一把瓜子在手中把玩着，說：「四處已經蓋了這麼多頂級商場，現在竟連公共屋邨的商舖也來搶。強叔，由他吧，就和這個時代一同退吧。」

強揉搓了兩下大腿，霍然指向那幾箱啤酒，說：「啤酒好，送飯入味。」卿謝過強叔，隨即拿起絳紅色塑膠袋，逕往逃生門方向走去。

強向商場一瞥，又嗅了一嗅，悵然地從左至右瞄，雜貨店對面的店舖全都整合成一間超級市場，那家理髮舍、五金舖、麵包店統統在七十天前結業了，只剩下強的雜貨店仍存留至今，然而那陣舊商場的酸澀氣味亦已在最後七天漸漸散去，大概眼前只空餘一片乾癟羸瘦的貧瘠，仍舊在天花的鋁鐵喉管中拼命地顯露出來。

＊　＊　＊

## 倒數第六天

卿已在餐館幹活了一個月。一片霏雨，卿穿着單薄的鞋履，顧不了矜持，走過水窪，一股水氣自腳底滲透，她倒不介意，反感到幸福。霓虹燈映照在水窪，卿沿路窺看，一直走到餐館。

「卿，快來！換上制服，食客多的是。」榕說。榕已在店裏上十年了。

「榕，是近日來才有這些食客吧。」卿趕忙換上白色的制服。

「都已經好些年了，不知是哪個大廚想起用威士忌做菜，還變化出各式各樣的款式。」

「威士忌都用上等的嗎？」卿問。

「都用上等的。聽說威士忌做菜醇香入味，現在人們宴席間無威士忌不歡。」

「現在的人不知何來的錢，對於食甚是講究。」

一陣香氣自卿與榕後頭傳來，卿趕忙接應。木門甫敞開，只見一桌食客正高談闊論，各人面露驕矜之氣。卿不想知道這群人的樂趣怎樣得來，只見兩個男人一陣牢騷，面紅耳赤地談論着，而旁邊一位秀氣的女子漠然地坐着。食客開始醺醺然了，說起話來更加狂放，卿捧着菜餚，置在桌上，說：「威士忌炒蘑菇，請慢用。」

那女子的眼睛斜盯了卿一眼，問：「這是用上甚麼年份的威士忌？」

卿水靈靈的眼隨即瞥向白單，應道：「炒蘑菇用上格蘭利威十二年單一純麥威士忌。」

女子點頭示好，說：「這群男人大概需要沏一壺茶，清醒一下。」

「好吧！」卿徐徐退後，耳目卻在注視這群食客，無論是花瓶落地的破碎聲，碗碟碰撞的高頻聲，或是玻璃窗外無法駐足的黃蜂拍翼聲響，都影響不了這群自得其樂的男人。眼前的這種景象，卿已習以為常。唯一不同的是，她在猜測那女子的將來會如威士忌般濃烈，還是像梅酒般清甜？

爾後，凌晨時分，餐館前那威士忌酒樽招牌無故地閃爍着，招牌下燈柱旁的男人嘔吐大作，他們剛才不是拼命地吃喝嗎？現在怎麼會如此不堪！嘔吐無法自制，身體狀況難以自然調節，人堆在一起，黑影重疊，就像數隻隨便撒尿的流浪狗。卿捂着鼻和嘴走過，卻從沒想過關懷和撫慰這群食客。

卿走到公共屋邨前，土沉香仍孤零零地屹立着，商場內只有強一人正在打理雜貨店，卿站在店前說：「強，晨光未現卻只有你開店。」

強輕聲說：「邨內的人都早，工作的工作，上學的上學。祖也剛來買了西瓜球，上大學去了。」

卿沒有訝然，便說：「祖考上了西瓜球學系已經兩年，現在踢西瓜球好像成了氣候。」

強有些怨氣說：「氣候？成了甚麼氣候啊？這個學系完全沒有前途，要考就應考上模型學系。還以為西瓜球大賣，現在只有祖每天買一個，其餘都堆在店裏。」

「還有多少天結業？」卿說。

「六天。」

咔嚓一聲，強打開兩罐啤酒，卿和強各喝一罐，卿放肆地吐出一股氣，繃緊的思緒終於得到舒展。強覺得筋骨仍舊瘦疲，他突然問卿，威士忌是怎樣的味道。其實強不愛喝公共屋邨裏售賣的啤酒，如果可以，他寧可在餐館偷飲食客們剩下來的威士忌。

* * *

## 倒數第五天

清早霧氣氤氳，山頭朝雲靉靆，祖仍有倦意，耳畔卻縈繞着雜貨店每天播放的音樂。還有五天，強的雜貨店就要結業了，近來強一直在聽王若琳的〈一生守候〉，重重複複。祖覺得那藍調的音樂很協調。

祖走到學院。學院近海，對岸是舊式工廠，工廠排出棗紅色的油污，漂浮在海面上自遠而近，由深至淺，仿似四周都是艷屍。祖站着看海，一時想起了卿。祖趨前嗅一嗅海的味道，一股鐵青的氣味比昨天更濃烈了。他在背袋取出西瓜球，捧着球從上至下揉搓了一會，然後四周張看不見人，就把球一逕踢落海面，他想看看西瓜球到底怎樣浮在水上，四周的鏽散開又聚合，就像隨時會侵蝕塑膠製的西瓜球表面，將球徹底地溶掉。祖知道是上課的時候了，今天的課題是學習電線膠布裹西瓜球。

祖在教室內沿着紋理轉動西瓜球，紅白兩色膠布交纏又黏上。他的眼睛注視着轉動中的西瓜球，球上那紅白紋理像沒有止盡，就如理髮店外沒有開始和停止的轉輪。這些日子他都在推廣西瓜球運動。近日社會上的確開始產生對這種運動的關注，由於社會過度發展，人們開始反思童稚時的純樸，遂促使西瓜球運動日益普及。

然而，朋友們都在勸祖轉讀模型學系。他們說，除非城市裏出現史無前例的異化，人的心底摒除物慾，才會發現原來在草原上踱步的駑馬比起英勇擅戰的駿駒更有價值，否則，城市大概只許沒有夢想的人生活，而不容擁有將來的人生存。祖不慎把仍未包裹好的西瓜球自手掌滑落，球與電線膠布一直滾向鵬，正好碰着鵬的鞋跟，鵬瞥了一眼，腳跟往後一踢，球剛好滾回祖原來的地方。

「又在想轉讀學系的事情吧！我沒有再想了，為免回心轉意，我已申請了模型學系。」鵬說。

「鵬，你在瞎說甚麼！」祖緊皺着眉頭。

「祖，聽說強的雜貨店差不多結業了吧，你還在憧憬西瓜球學系的畢業生有將來嗎？畢業了的學兄學姊都找不到好工作。」鵬淡淡然說。鵬瞥見窗外一束束電線懸掛在電線杆上，電線向遠方伸延，卻不知伸延到哪裏。

祖將西瓜球和電線膠布放進背囊，起來，向講師鞠躬欠身，直往球場上去。祖覺得鵬正停留在恍惚與虛妄中，猶如眼前的鐵絲網上纏着的藤蔓，糾纏不清。鐵絲網後邊正是模型學系大樓，大樓空中平台外露，就像懸垂在半空中的世界。空中平台相當前衛，彷彿預示將來的都市化建築，平台上放置了兩件巨型藝術展品——鋁鐵砌成的兩幢大廈模型。大概模型學系所以引以自豪，正因為他們就是先知，為這城市的未來定下基調。

遠處恰巧有兩個女子走過，祖知道她們是模型學系的人。他也知道她們的名字，左邊是蓁，典型的阿拉伯女子，走路時十分婀娜；右邊是菱，記憶中她最懂衣著，是鵬告訴他的。祖喜歡蓁，有女人味，然而不一定是蓁，大概其中一個也好。這兩個女子同時出現在眼前，不知怎地，他心裏逐漸形成一股焦躁和壓力。

祖想起曾有這樣的一個晚上。暈黃的路燈在學院道旁亮起，右邊的海很黑，就像沒有東西在海裏飄浮。他坐在道旁深褐色的橫椅上已有一小時一刻，他仍未有打算離開，只感到坐在這裏很合適。風自他左邊吹來，有些沙塵抖落，他順勢瞥向右邊，剛巧見蓁獨自走着。蓁走到長椅那頭，飄來一股十分典型又濃烈的阿拉伯女子香氣。她的神韻非常吸引，難以抵禦，他覺得自己就像初遇世情的農村男孩般。蓁坐下來了。祖的目光一直向前望海，佯裝發現了甚麼似的，腳本來輕踏着西瓜球，卻悄悄地將球踢到長椅後。蓁的耳窩塞着聽筒，似乎在聽一些跳躍的流行音樂。她在斜袋內抽出菸，猛吸了一口，在口腔內維持五秒，向空中吐出，煙在空氣中形成一幅圖案。蓁抽菸的表情有些陰鬱，眉頭輕皺，呼吸時胸脯沒有過度膨脹，身體看似有些僵硬。在這人杳的道旁，又是晚上，蓁竟獨個兒與他坐在同一張長椅上，祖認為她是故意的。他斷定她近日十分煩惱，而且需要開解，他開始盤算應否主動搭訕。

風忽然轉變了方向，沙塵不斷隨風颸向自己，祖嗅到香菸混和了濃烈的阿拉伯香氣，形成一種複雜的味道，他覺得這氣味很有壓迫性，似乎有某種慾望在發酵。祖意識到蓁納悶，他認為自己是有責任開導她的；而說話內容須盡量簡單，並須順應她的想法，層層挖破。

「妳喜歡抽菸？」

蓁深吸一口菸，說：「怎樣說？大概可以冷靜一下。」

祖嚴肅地說：「妳不適應這裏嗎？」

「不太適應，這裏太安分。」蓁垂下頭一會，再抬頭望向遠方的海。

兩人都很安靜，在眺望遠處的海，和聽着海潮的迴聲。

祖說：「是，安分不好，我還以為模型學系一直在追求變化。」

蓁把煙蒂丟向海裏，說：「整個城市都在偽裝變化，暗地裏卻逐步走向單一，而都市人竟沒有察覺這種改變。」祖點了點頭。

蓁輕嘆一口氣，眼睛卻在看那黑稠的海，說：「我想流浪。」

祖沒有回應，只是在窺視蓁的臉，和那雙深邃而凝定的藍眼睛。祖已忘記那天晚上，他們倆是否一直坐至晨曦亮白的時分。

又是一陣清風，兩個女子終於走過了球場，兩人似乎都沒有着意球場內，亦沒有留意祖的存在。女子的前衛風尚一直是祖所不能領會的，他甚至有些害怕。只是，他的目光仍在注視蓁，他有些哀憐她。相對上次在道旁所見，從她今天走路的姿態來看，心情顯然更加沉重。祖相信自己是理解蓁的。

＊＊＊

## 倒數第四天

「需要一張新帆布床吧。」強在公共屋邨路口道旁，對那土沉香下的明說。

明沒有作聲，仍舊躺在那張綠白相間的破爛帆布床上。強拍了拍明的肩，明背向着強往後隨便指了指，着強把新的帆布床擱在旁邊。兩人靜默了片刻，明輕輕地說了聲：「多謝！」

強自衣袋掏出一盒菸，點燃香菸後緩慢地抽了一口，然後徐徐呼出煙圈，煙圈逐漸飄散至空中，飄至土沉香的葉上。明從帆布床的蜷縮中起來，伸手向強取了一支菸，一邊抽一邊說：「還剩多少天？」

「你指店舖，還是人生？不過都一樣，四天。」強捻滅手上的菸，把菸丟在地上，用腳狠狠地蹂躪它。

「認命吧！這裏的店舖老早關門了，誰抵得住租金上漲，只有你食古不化，和這土沉香仍待在這裏。」明再向強要了一支菸。

四周的黑夜裏，霓虹燈閃亮，人都在天橋上，路面連一隻撒野的貓都不見。強點燃新菸，菸煙裊裊上升，直升至遠方的華燈前。他抬頭遠眺高低不齊的建築物，光影映照，彷彿將四野的黑暗推進公共屋邨的商場裏。商場內，除了那紅色燈罩依舊護着懸掛的小燈泡，再也沒有一點光。

明倦怠如一艘擱淺了的帆船。兩人靜謐無聲，大概在這熬人的晚上，心裏各自有思想着的事情。突然，明以瘖啞的聲調喊了一聲悶氣，他整夜憋着的鬱結不知可以在哪裏發洩，只好奮力把已經喝完了的鋁罐向公共屋邨的花圃擲去。從遠處看，綠色外牆中央已呈現一團白，正是明每晚徹夜用鋁罐造成的，似乎明每夜都沒有別的事情可做。

夜色如水，強和明覺得這夜尤其寧靜，風一陣吹過，十分爽朗。邨內無故泛起陣陣歌聲，狀似是一樓某戶傳來的，歌曲是上個世代鄧麗君的〈忘不了〉，聲音清清脆脆，正好襯托那暈黃的夜月，和那橫椅上在搧涼的幾個老街坊。

「明，你是怎樣開始在這裏架起帆布床？」

明猛力抽了口菸，呼出，眼睛看着那一灘倒映着月光的水，說：「等候入住公共屋邨已許多年了，一直杳無音訊，反正無人無物，就不輪候了；現在倒好，倒覺自在，精神不再委靡，還有清風送爽。」

「可你卻成了流浪漢。」

明逐漸挺直身子，吸了口氣。他一直認為匍匐的葛藤定必比起乾癟的牡丹珍貴，說：「當流浪漢很快成為趨勢，基於人人都受着住屋問題所牽累，生活的枷鎖無法解開，直至真正醒覺的人將世俗觀念拋開，才會明白做流浪漢的價值。」

強瞪着眼，說：「這倒是事實。公共屋邨外圍現已發現流浪漢的身影。」

明點了點頭，又抽了一口菸。「當流浪漢需要設備，聽說你的雜貨店囤積了許多帆布床，如果不是結業在即，或者你可以靠帆布床興家。」明淡淡然說。

「那該死的商家，隨便推出的劣質帆布床堆放在超級市場，那些帆布床就像果欄外連流浪狗都不會一嗅的爛水果；雜貨店的帆布床是我一手一腳製造的，如果以貨比貨，我的帆布床質料必定更上乘。」強憤憤不平地說。

二人又靜了一會。

強續說：「那你一直甘願當流浪漢了嗎？」

明深深抽了一口菸，很堅定地說：「這個當然！一千萬人平均每人用三十年供樓，倒不如兩袖清風，尋索可以玩味的樂趣。」

「你說得輕鬆，那些『捕漢衛』隔天就來巡視，還未弄清你是公共屋邨的住客還是流浪漢，就硬梆梆將人拖來扯去，聽説近來他們要加強執法，你還是把行當弄得靈活些，一旦給他們佔據了有利位置，你當下就如甕中鱉，無法逃脱。除非你在電線杆下充作維修員，將電線杆那粗糙的木打磨，又把電線杆底部的螺絲扭緊，刻意偽裝你對這個城市的貢獻，來換取他們對你的同情和恩恤。甚或你可以考慮加入『捕漢衛』的行列，當三年『捕漢衛』便可加快公共屋邨輪候。」強輕蔑地打趣。

「我倒是理解他們何以頻頻逮捕流浪漢，大概諂媚當權者的暢快較物慾的過度膨脹更有滿足感。他們卻不知道自己只是逐步走向更深沉的彷徨與迷惑。」明訴説着。

「你倒替他們説起好話來。」強説。

「我只是認為每個人都應有追逐自己理想的自由，然而流浪漢的精神必定在不久將來烙印在許多人的心，那不受權貴驅使的生命意志會成為大勢所趨，這城市裏的人將無可避免地放棄渴求物質的樊籠，棄絕那枯燥乏味的生活方式，開始探討流浪漢活在當下的生存方式。」明拍一拍帆布床，躺下，雙手放在後腦勺後，目光只盯着那墨黑的天空。強輕敲了帆布床沿，便逕自返回雜貨店裏去。

＊＊＊

## 倒數第三天

明就這樣度過了一夜。他和強侃侃地交談着，兩人整夜都沒有睡。天色逐漸清亮，強佇立在雜貨店前，怔怔忡忡的仍未清醒過來，卿剛好自餐館回來，路過。

「卿，餐館的食客有看得上眼沒有？」

「你說人家看得上我已萬幸，還到我選擇嗎？」卿嘆了口氣。「一個女人帶着孩子可不是容易的。別說吧，來一罐啤酒。」

強遞上啤酒，然後說：「是不容易的，我們這些人哪有一天容易過。要吃要喝都要思前想後，分毫都要計算清楚，怎像妳工作的餐館，食客都不考究食物的品質，也不斟酌味道。」

「尤其對待威士忌的態度，威士忌應該淺嘗輒止，細意品嘗，對嗎？」

「我怎麼曉得威士忌的味道。」強自嘲地說。

卿一手抓起店前木桌上的瓜子，放在口內含吮。卿的目光朝向對面尚未營業的超級市場，想着餐館裏的食客不知浪費了多少瓶威士忌，又浪費了多少個晚上。

強擺動幾下身體，掉頭在店內取了一份上星期的報紙，然後翻開副刊頁底的專欄，專欄是大學醫學系腸胃肝臟科醫生撰寫的，強的食指用力地點了兩下，着卿閱讀專欄的標題：「肝臟需求五十萬個」。卿瞪眼看着，手撥弄了幾下，再點頭虛應着。

強接着說：「自從政府刻意放寬酒業，報紙裏都是威士忌的宣傳廣告，如此蒙混了一段時間，社會上竟塑造了威士忌有益健康的說法。」強說罷，一下子灌罷整罐啤酒。

卿輕拍強的後背，有些替強不值，如果威士忌是健康飲料，那政府根本應該將啤酒一併納入，來鼓勵城裏的人多喝啤酒。卿倏忽問：「強，現在雜貨店仍有甚麼售賣？」

「只有三種貨品：啤酒、西瓜球和帆布床。」強無奈地說。

「來，給我十打啤酒！」卿掏出數張紙幣，拍了拍自己的胸口。

強點頭輕笑，並着卿不必買，要啤酒隨便拿去，反正距離雜貨店結業只餘三天。「卿，妳還不懂嗎？不是喝威士忌使人健康，倒是多人喝了，使威士忌行業興盛。政府的所作所為，毫無疑問，就是利益輸送。」

卿說：「無疑健康是最重要的。」她向前踏了幾步，合上眼睛，感受一下早晨清新的空氣。她想像自己像蒲公英般飄浮在半空，是一種無以名狀的安舒。強倒不願打擾卿的雅興，強曉得觸目所及並非如此美好，反而社會正逐漸步向無法承受之路。強猶記得那雙逃生門後的眼睛，今天早上似乎又出現了。

「卿，妳有留意近日逃生門後的人嗎？」

「有！近日屋邨像混雜了，甚麼人都混了進來。偶然看見有些人走過去傾談，似乎甚麼事情談妥了，就握手道別，煞是古怪。」

強一副老實的樣子，慨嘆道：「我猜不是好事情，近日整個城市最多人談論的，除了房屋不住漲價，就是等候換肝的需要。」

「強，你說賣肝的事。」

「是，社會上許多人等候肝臟移植，有人四出打聽，若垂死病人的家屬又願意，便可成交。你情我願。」

卿怔了怔，走至雜貨店前，恰巧看見苔蘚正生長着，就問起強，強瞄了一眼，本打算取來鐵鏟把苔蘚剷去，可是想到在這乾澀的牆壁上竟可冒出霉菌，倒不如讓苔蘚放肆地生長，大抵這個城市的人心亦已長滿黴菌。

＊　＊　＊

## 倒數第二天

記憶中這是一場突如其來的雨。

祖今早一直在模型學系外面蹓躂，眼見雨下得猛，便借意走進模型學系躲避，他其實是佯裝避雨的。他緊皺着眉，撥弄身上沾濕了的衣服，才取來透明膠雨傘袋，嘗試套着雨傘；他故意無法套上，從而在學系大門口停留更久。大樓地下右邊是接待處，窗前那位穿着制服的，是一個年約六十來歲的男人，男人沒有結領帶，衣袖摺起，大概畢生都在這個接待處工作。左邊的休憩區鋪上墨灰色的地氈，應該是用作區別展覽區的。地氈上有四張芥末色長形靠背沙發，沙發都是向內圍攏的，形成一個方形。每張沙發下的地面都設有電掣。他抬頭看展覽區天花的弧形玻璃，其中有兩條玻璃圓柱從天花下垂至展示區地面，雨水穿過圓柱產生叮叮響的流動聲。這是藝術建築，祖不喜歡，他來這裏只是為了蓁。

陰黝的天在鼓動那不受控制的雨，圓柱玻璃奏着滴滴答答的聲響，就像一群不安分的少女在鬧彆扭。他一直用腳搓着西瓜球。倏忽，蓁和菱進入大樓，雨把她們都沾濕了。祖覺得自己已有充足心理準備。於是他走向蓁。

「自那天後，我們是否應該再談一下？」祖的聲調十分低沉。

「啊，是你，想談甚麼？」蓁說。

菱有些愕然，牽着蓁說：「你們怎樣認識？有甚麼事情要私下談？」

蓁說：「沒有甚麼要談。他是西瓜球學系的。」祖不明為何蓁要令他尷尬，就說：「好吧，妳看看這單張，是關於流浪的。妳如果打算流浪，可以考慮加入這個組織，然而我認為妳應該盡早作出選擇。」

菱一臉狐疑地說：「同學，你在胡說甚麼？甚麼組織？我們是模型學系的，甚麼流浪，請你別胡扯。」菱把蓁的衣服牽得更緊，語調有些忸怩。

「如果妳的思緒無法解開，就會一直停滯不前，請問這華麗的展覽廳是都市的真貌嗎？這正是模型學系使妳感到荒誕的原因。」祖對蓁說。

菱有些不屑，說：「你懂個屁，看你這身造型，你似乎不懂甚麼是流行風尚。西瓜球是上個世代的產物，若在城市中完全消失，大概無人會為此而驚訝。」

祖接續説：「潮流使這都市失卻靈魂，不可以潮流來辨證價值。」

雨愈下愈大，雨水敲打玻璃圓柱，聲量更大，卻沒有奏出不同的聲響來。

「好吧！流浪與否取決於社會形勢。無論如何，謝謝你！」蓁説。她伸出手，接過祖手中的兩張單張，一張摺好，另一張遞予菱。蓁點頭道謝，與菱雙雙走過展覽區，離開了。祖仍舊看着蓁的背影，蓁曾兩次回頭看祖，祖明白蓁是真心感謝他的。

晚上，雨果然停了。強在雜貨店前，將一些遺留下來的貓糧餵給不知從何而來的流浪貓，流浪貓很快把貓糧啃得精光，強便從雜貨店捧出十二個西瓜球，就地棄在店前與超級市場中間的空地上，幾隻流浪貓先是驚駭地四散，然後又圍攏在一起，開始抓着西瓜球團團轉地玩樂。強張開店舖慣常使用的摺椅，坐下，抽了一口菸，看着貓兒在耍弄西瓜球，如此這樣，強就打發了一個雨後初寒的良夜。

＊　＊　＊

# 倒數最後一天

「捕漢衛」大概已掌握了公共屋邨居民的生活模式，只要在下午四時左右，把握街坊買菜時分，將流浪漢驅趕入公共屋邨商場，那些傳統保守的主婦想必視他們如蚱蜢，像秋收的農夫厭惡害蟲一樣，完全配合「捕漢衛」的行動。

雜貨店只餘一天營業，強掩飾不了傷感，可是情感的傷口終究無法結痂。經營了三十年的雜貨店，如今敗在財團的橫空壟斷以及政府的虛偽荒誕，強的心中早已埋下無法治癒的怨恨。土沉香依舊屹立，明自由地吹奏着口琴，歌曲是王若琳的〈一生守候〉，是明在強的雜貨店學來的。強徒手拿着兩張新做的帆布床，他瞥見明，明似乎完全沒有在意即將繞道而來的「捕漢衛」。事情已到這個地步，迫在眉睫，強開始有點慌亂。

「聽說這次不單是驅趕流浪漢，而是逮捕。」強說。

明鎮定地說：「有時人的過度恐慌會造成錯覺。如果他們真要強行逮捕我們，必先在社會上形成文化氛圍，才可令逮捕變得合理。不要忘記如果不是販賣肝臟蔚然成風，人們也不會如此張狂地在公共屋邨進行這種勾當。現在的政府會懂得怎樣做，做事前必先形成一種事在必行的氛圍。」

「或許你是對的，可是現在流浪漢的活躍程度已形成風氣，況且在富人推波助瀾下，難免有一群人隨便靠攏，要得些好處。」強謹慎地說。

明點頭虛應了強，然後着強朝前方看，說：「你大概說得對，那兩輛鐵籠貨車已在邨口了。」

強瞥見一小隊穿着制服的「捕漢衛」自貨車躍下，逕向公共屋邨走來。強結結巴巴的，只着明趕快走，半推半引路，直把明拉進雜貨店裏。

雨後初晴，四周狀似沒有聲息，幾位高矮不一的「捕漢衛」經過，其中一個矮小的踏過水窪，地上的污水直濺向雜貨店。強俯着頭，坐在藤椅上斜睨着他們，裝着假寐。

「請問有沒有看見流浪漢的蹤影？」那矮個子問。

「哪有流浪漢出現，這裏每戶都富起來了，公共屋邨已沒有小商舖，雜貨店今天最後營業，要啤酒請自便。」強故作輕鬆地說。

矮個子果然拉起啤酒罐掩蓋，喝了一口。

「啊……這裏的啤酒好冰凍，好喝。你辦雜貨店多少年了？」矮個子說。

「三十年了，最初只是想幹些事情，後來發覺裏頭有許多工夫。有時趁着黃昏時分，冰浸幾罐啤酒，如果誰人有一刻心情不好，那就隨手取罐啤酒，冰冰臉龐，再灌下一肚的沁涼，就可忘卻一天工作的壓力。」強瞥見土沉香，說起話來有些惘然。

矮個子坐了下來，朝強眼睛的方向凝視土沉香，說：「樹猶如此，難怪雜貨店無法經營。雖然仍然屹立，但比起上次所見就顯得消瘦了。」

「有時一陣風吹過，樹葉像戀上了風，輕易地隨風上下飄散，飄至對面的超級市場，甚至飄到很遠很遠的地方。」強緩緩地說。

「有時我倒在想，除了餬口，是不是還有甚麼別的事情可以做？」矮個子把玩着手中的啤酒蓋掩。

矮個子喝了一口啤酒，說：「曾經很愛當『捕漢衛』，着實有片刻的快感。然而，後來發現流浪漢看待生活比我們更通透。記得有一次逮捕行動，一個被捕的流浪漢並沒有反抗，他似乎早已料到有這種結果，甚至盤算好逮捕後將更有利往後推動流浪漢的生活。」

矮個子再呷一口冰凍的啤酒，又說：「那天以後，我反覆思考，原來我從來沒有經歷過這種生活取態。我發現自己原來從沒有掌握生存的意義。」矮個子又再呷一口啤酒，他霎時就像個半透明的氣球般單薄。

強突然拍了一拍自己的腿，說：「那麼你應該慎重考慮加入流浪漢的行列。」

「你是說真的嗎？」

「真的。」

矮個子從未料到有人向他提出當流浪漢的建議，他感到體內有一股熱度令他無法抗拒。事實上，他當「捕漢衛」也只為了能特快輪候公屋。矮個子將整罐啤酒灌下，就問：「當流浪漢有甚麼條件？」

強說：「需要一張帆布床。」

「就像你身後的一種？」

「對，你需要的可送你一張。」

「不，我要自己付錢買。」

強轉身，在昏黃的角落拖出一張帆布床予矮個子，然後說：「現在流浪漢的生活態度逐漸成為趨勢，他們已開始過着群居的生活。」

「我可以怎樣加入流浪漢的群體？」

強捻彈右手手指，發出「達」的一聲後，明和蓁從雜貨店裏的暗處走出來，向強和矮個子點了點頭，問好。

矮個子亦點了點頭，跟着明和蓁在雜貨店的後面溜走，直奔向那逃生門後的另一個世界。臨行前矮個子轉頭向強說：「你也來嗎？」

強向矮個子笑了笑，又點了點頭，一直看着三人離開。

強趿着拖鞋，踱步至雜貨店前，坐下。他的眼睛瞪着那已經三十多年的木桌，又用手來回撫摸着木桌面。他隨手取來一罐冰凍啤酒，一下子將啤酒灌下。

＊ ＊ ＊

## 倒數零天

雜貨店今天沒有營業，是三十多年來首次。

卿如常地在餐館上班，仍然愛喝啤酒。

祖在尋找可以買西瓜球的地方。

明想辦法替新加入的流浪漢預備帆布床。

強已經不知所終，再沒有在公共屋邨出現過。

土沉香仍舊在公共屋邨的邨口屹立着。

# 旅程

月亮魚（Opah）已漸為人所關注，研究指出牠具有治療功效，現在開始進入臨床試驗階段。近日許多人打算前往歐洲大陸，似乎不少人都很樂意成為首批試驗者。

＊＊＊

機場四處是不同種族的人。不知道當人遠離了自己所屬的地方會是怎麼樣的心情？就像森林裏一棵本來完好的樹，樹幹給送到不同的地方，然後，無法預料樹幹將變成怎樣，或完整，或變形，或扭曲，或破碎，最終不知會成了怎麼模樣？

舒出一口鬱悶後，我將行裝交給了服務員，僅提着單反照相機、鏡頭、電腦和一本書放在斜包內攜帶上機。我站在機場大堂最中央的地方，眼前一對戀人路過，從他們的神態與交流過程，我猜兩人仍未結婚，男的滿臉鬍子，高個子，有美洲籃球員的身材，女的十分嬌氣，一直擁着男子，指甲塗了粉紅色，從她嘴角露出來的笑容，大概她已認定了把將來交託予這個男子。站在機場詢問中心旁邊的三人估計是一家，男子架着黑色粗框眼鏡，手裏捧着看似厚重的哲學書，是典型的大學教授模樣；女人畫了細緻的妝容，穿着長外套，背了側袋；而後頭那不耐煩的少年，想必是他們的孩子，孩子的目光正朝向機場接機區。男人向櫃枱詢問了一些事情，他在空氣中比劃，似乎在向職員極力解釋他們的疑問；後來，他與女人同時欠身鞠躬道謝，看來是日本人。同時，一群剛來到接機區的青年人，甫抵達那黃色格線區域，地上分明寫着不可停留，青年人偏要在裏面走來走去，很快便引來兩名機場地勤人員前來，要求他們退回等候區域，其中一個青年人回頭看了地勤人員一眼，吐了一句髒話。

眼看還有兩小時才上機，我打算在候機座椅上閱讀一本書。我把書擱在身旁的座位上，打開又合上。一直以來，受某些事情困擾着，我似乎應該組織一下當下的想法。兩星期前灑脫地訂了機票和酒店，機票很昂貴，而酒店房價也十分高，至今仍懊悔為何自己這樣隨便花掉工資。我開始懷疑自己不知甚麼時候堆積了某種自我放逐的怪念頭，就似一架在跑道上苦候啟航的飛機。如果生活不曾給過度打擾，人本來可以無拘無束地構想屬於自己的生活方式，但此刻我卻決意獨自出走。我回看了一眼這個本來熟悉的城市，這裏有我的家人和工作，一切看來是如此合理和穩定，可是變餿了的心情急需要調整和彌補，而這城市卻似無法幫到我。

* * *

飛機降落在巴黎戴高樂機場，我隨即乘火車往巴黎西部城市雷恩（Rennes），再轉乘巴士前往聖米歇爾山（Mont Saint Michel）。我一直嚮往歐洲舊社會的迷人情調。抵達聖米歇爾山後，我提起單反相機拍照，眼前狹窄的石板街道，磨得光滑的磚頭紋理，反映多年來人潮往來不絕；路上的掛燈自牆壁兩旁伸延開來，掛燈在路的中央，行人自下方走過，成了掛燈最美麗的裝飾。前頭一所古舊的法式餐館，我毫不考慮就走進去，故意挑了窗邊的座位，方便自由地瀏覽石板街道上的旅人。

我點了一份餡餅，餡餅方正，四邊就像一幅被單自中央摺合，太陽蛋上放置了番茄和芒果，還是首次品嘗到這種鹹中帶甜的食物。我無法想像自己過去的日子是甜中帶鹹，還是鹹中帶甜，又或者是二者相混，我張大嘴巴咬了一口餡餅。享受餡餅之際，我瞥見右前方食桌的女人正費勁地扯着女孩的手臂，女孩迎着女人殷切的目光卻無動於衷，硬要將早已送進口裏的食物吐在碟上，女人邊撫慰邊把食物切碎，大概女人費了許多工夫仍無法令女孩把食物嚥下。我想起了霏和妍。妍今年六歲。

就在一個月前，霏叫我一起準備妍的生日會，那夜沒有風，隱約有些蟬鳴不知從哪裏傳來。我把皺紙彩帶打了許多個圈，如螺絲的扭紋，彩帶貼在米白色牆壁的角落上，拉至對角，可是原來角落的皺紙因過度牽扯，隨即彈起墜落，正好搭在霏的肩膀上。於是，我牽着彩帶這頭，霏重新將那頭貼上，前後花了三分鐘。每束彩帶都要打圈，呈現立體感，霏說這樣較像樣，我卻不以為然。我們並沒有說話，我亦無意詢問接下來要怎樣佈置。我們總共拉了十二條彩帶，拉扯扯扯，合共費了接近一句鐘。整個本來平白清雅的天花板，現在竟變成像伏着一隻張牙舞爪的蜘蛛。霏拍了拍手，開始佈置長木桌，她在白木桌面邊陲貼上第一片粉紅色櫻花花瓣，花瓣不是真的，卻有一種鮮麗的色澤。她請我摘下每朵櫻花上的花瓣，放在籃內，我照着她的意思做。又因妍喜愛音樂，她一直喜愛小提琴，於是，我就在牆上貼上幾個黑色音符，加上一個棕色的小提琴貼紙，煞是好看；霏卻不喜歡，說太俗氣，她要我將貼紙逐一撕下，放回籃內，待她完成木桌佈置，再作處理。我不明白為何這些貼紙不好看，但我沒有打算詢問原由，只是依她的意思把貼紙撕下，放在籃內。我告訴霏想到附近購買一些食物回來，邊吃邊做，她同意，卻叫我先坐一會，或者待會需要我遞給她一些用具，於是我坐在沙發上等候。雖然我未完全理解到底霏是不是同意我外出，只記得那夜我一直坐着，不曾離開過。

霏從來沒有對我這次出走表示過贊成還是反對，只是在我出門時，她給了我幾個口罩，請我隨時隨地都要防避細菌。我沒有想過在餐館內最先想起的是霏和妍。於是，我在斜包裏掏出電話，開啟，撥電給霏。

「霏，是我。」

「還好嗎？較原定抵達的時間延遲了許多，是航班延誤了嗎？」霏說。

「沒有，我在四處張看而已……妳和妍怎麼樣？」

「她很好！正睡得很甜！」

「那麼妳怎樣？」

「沒有甚麼，只是坐着，在妍身旁。待會處理一下陽台的檸檬馬鞭草，有些蕪雜。」

「妳還有別的事情做嗎？」

「趁着你不在，打算把客廳抹一下，清洗一下地板。」

「妳不是已打掃過嗎？」

「還得再打掃，妍有鼻敏感。」

「我一直想僱傭人。妳本來當會計師不好嗎？」

「不好，我不認為當會計師比做家務有意義。」

我們再談了一些瑣事，電話就掛斷了。我不知道從甚麼時候開始，我們的溝通像出了些問題，大家都彷彿提不起勁。

我嘆了一口氣，提起大背包，直朝山上的聖米歇爾山修道院去，那裏曾經囚禁罪犯。我在高聳的花崗岩間遊走，直至走進修道院中庭。這裏是真正的幽靜。為了配合這裏寧靜而緩慢的步調，我緩緩放下大背包，從中掏出單反照相機，調整了白平衡，讓照片呈現神秘的藍調。如果城市的節奏使人措手不及，這裏正正拒絕了馬不停蹄的紊亂。迴廊盡頭有一位女子，身穿緊身上衣、淺棕色牛仔褲、一雙米白色鬆糕鞋，她緊閉着雙眼，陽光自迴廊中央直映着她的臉頰，她不期然嘴角上翹。我認得她，就是機場所見那個十分嬌氣、一直擁着男子的女人。可是男子在她後面四處張看，似乎在竊看其他女人。

我忽爾對他們兩人產生興趣。男子獨自走進修道院內室，女子則拾級踱至樓頭。我也隨着她上了樓頭，從樓頭看外，萬里晴空，地方廣袤，風颳得挺大，然而她似乎無意梳理已經吹得凌亂的頭髮。女子的樣貌十分標致，眼睛亮麗。我想藉詞與她說話。為了讓她減低戒備，我告訴她，我們是坐同一班飛機來的。

「妳在這裏留多少天？」

女子展示溫婉的笑容，說：「你意思是待在歐洲嗎？將會待上差不多三星期！」

「三星期不短，可以前往許多地方。男朋友喜愛這地方嗎？」

「他不喜愛。」

「為甚麼？」

女子淺笑了一下，說：「不要說了。這裏很美好。」

「是。」我頓了頓，再問：「他既不喜歡，為何來這裏？」

「他說順道來找月亮魚，我們原本來這裏拍攝婚照。」

「月亮魚不好找，現在歐洲各國都有許多人想得到牠。早前有報道說好像有人在捷克找到了。話說回來，既然結婚，那麼妳應該很快樂吧。」

「快樂？或者是吧。」她嘆了一聲，聲音有些顫抖。

我點了點頭，不敢多說。之後，我們再沒有說其他話。

我可以斷言，女子將來不會快樂，她的生活將面對難以抵禦的孤寂。女子和男子離開了，我卻一直在樓頭待至入黑。而我到聖米歇爾山，本來是為了在夜間看潮。每當漲潮，海水完全把聖米歇爾山包圍，山頓成了孤島。我慶幸身處在這種奇異的消弭與湮沒之中。我相信這世上許多人都耐不住生活的無理與橫蠻，巴不得撇下負擔，毫不猶豫地到一處沒有擠壓的地方去，然而世上人都沒有膽量出走，寧願在心頭裏重複想像更美好的將來，以滿足根本無法治癒的現實。獨自出走前，我已經被生活壓迫得僵滯，我知道我必須盡快脫離這處境，就像臨盆的嬰孩急不及待離開母體，好進入前所未有的境界。我希望人們理解，這趟旅行對於我來說是必要的。

燠熱的夏季令人煩厭。整夜看潮，一早起來驚覺通過聖米歇爾山的步道已退潮，四周的植物像虬龍盤纏，路邊起了苔蘚，霧氣瀰漫。我揉搓臉頰，將相機對準日出的東方，靜待朝暾逐漸擴散。就在這等候晨光初現之際，男子和女子竟一同出現了。男子一步步向我走來，腳步很重，似乎有些焦急。我有些害怕，他可能為我曾與他女友說話而來，我的雙手連忙從口袋裏抽出，手掌舉起，着他有話慢說，男子神情愈發緊張，以手指指向我說：「先生，聽女友說你知道月亮魚的下落，對嗎？請先生務必告訴我。」

「老實說，我不知道哪裏可找到，只聽說捷克有。」

「在捷克哪裏？還請說個明白。」

「我倒不知道。況且我對月亮魚是否可靠仍存有許多疑問。」
「我理解。」
「你理解就好了，實驗證明需時，怎可妄下定論。」
「我理解的是，現在大概沒有人會說出月亮魚的下落。」
「你是這個意思？」我不太喜歡男子有些逼人，他亦沒有作聲。
我接續說：「你知道日本專家亦已來歐洲了嗎？」
「你說同機的那位平井教授？」
「就是，他是社會學家，專門研究家庭的內部分裂與人的行為異變。」
男子說話帶些興奮說：「我就是知道，所以特地前來。」
「你不是和女友拍婚照嗎？你現在正是最快樂的時候，月亮魚似乎與你們沒有甚麼關係。」
此時，男子稍為平靜了下來，他坐在石頭上面，眼睛朝女子一瞥，看見女子正眺望那迷人的日出，他看了一會，就低頭說：「我就是知道要和她永遠一起，才更需要月亮魚。如果有天我不在，或者是她不在，那麼我們仍盼望對方可以不怕寂寞，心裏仍然是快樂的。先生，我不知你現在是怎樣的處境，但我總不認為有任何方法可以避免孤寂。」

男子見沒法在我身上得到任何消息，就回到女子身旁。男子的說話驅使我想起霏和妍，而我是認同男子所說的。這次我決心出走，對我跟霏和妍之間將造成怎樣的變化，我也不知道，但我發覺原來自己比霏和妍更害怕寂寞。

* * *

翌日早上，我抵達了瑞士的首都伯恩（Bern）。來到伯恩高地「玫瑰園」（Rosengarten），這裏大抵是為了仍然相信世界是瑰麗的人而設。一覽伯恩城，遠處高聳的是伯恩大教堂，哥德式建築呈現了中世紀的遺風，着實醉人。面前的開放式餐廳裏，餐廳侍應都以單手托盤，那容貌俊朗、蓄有髫子的男侍應輕巧地在盤子上置一瓶紅酒，再添兩個酒杯，輕輕地放在食桌上，那二十來歲的年輕女子媚眼瞄一瞄侍應，笑了一笑，便繼續與旁邊友人談天說地，全是一片歡笑聲。
我點了一份午餐，頭盤是南瓜湯伴麥包和生菜沙拉，沙拉混了白醋，清香可口。餐桌旁坐了一位中年女子，金色燙髮，深邃的輪廓、藍眼睛、淺薄嘴唇，典型瑞士人相貌。中年女子向我遞上黑胡椒瓶，着我扭出黑胡椒，添在南瓜湯裏。
「先生，您好，請問從哪裏來的？」
「我來自很遠的城市。」
「近日許多人來自不同地方。」
「我想目的一樣吧。妳是瑞士人嗎？」
「是。」
「我覺得瑞士很有魅力！」
中年女子點了點頭說：「怎麼說？那種意態很吸引人，就像博物館裏的印象派畫作。」
我默默地點了點頭，然後沉靜了半晌，說：「怎樣才算是懂得欣賞這幅印象派畫作？」

中年女子慢慢放下湯匙，然後說：「我也不知道，這裏的人愈來愈不懂得欣賞這個城市。」

我不懂得回應，剛好那蓄鬍子的侍應禮貌地放下菜盤，食物是豬排配上蘑菇醬汁，看似十分美味。

中年女子繼續自說自話：「伯恩雖然是睿智的城市，然而卻無可避免地有現代化所帶來的問題，導致人與人之間的關係冰冷，猶幸已有學者開始着手做科學研究，月亮魚的基因應能幫助解決人類永恒孤寂的境況。」我一邊吃着甜點，一邊聽着她說話。

斜暉夕照玫瑰，映照出繁花的過度矯飾，中年女子挪移了食桌上的玻璃水樽，企圖使我更清晰地看見草地後面的花海：「先生，不知道你做甚麼行業？」

「我當會計。」

「那麼你必定是個心思縝密的人。」

「哪裏，坦白說，競爭十分之大。」我放下了湯匙，斜眼睨視着花海。

中年女子似乎十分認同，她說：「都市人不顧一切地追求物慾，造成人類生存間難以填補的窘迫，以及那份不可企及的渴求。」

當我還在點頭稱是，她已繼續說：「最恰到好處的生活方式，本應是在平日下午四時後，各人都自然地休息。例如，餐館服務生應識趣地播放輕音樂；售賣衣裝的應在中午後就不賣衣服；料理櫥窗的為免顧客對慾望難以自控，最好在關門前一小時開始用布遮蓋裝飾。如果因抵不住物慾的誘惑而在生活中時刻喊悶，生活是否太沒意義？你看，美艷的玫瑰花應該收放自如，不應形成爭妍鬥麗的不良局面。」中年女子說罷打了一個飽嗝。

那天晚上，我在伯恩大街散步，漫無目的地蹓躂，剛好踱至「時鐘塔」下，「時鐘塔」頂部的敲鐘那暈黃的光在搖晃着，時針是太陽，分針是月亮，時鐘轉動很規律，就如人每天的生活方式一樣。我一直看着「時鐘塔」，但思緒卻走進工作裏面。我緩緩坐下，終於按捺不住在斜包中掏出電話，一星期以來終於進入電話群組看各式各樣的留言：

「大老闆提起你，託我問你可否提前一星期回來，請給我一個說法，好作回覆。」

「那夥人又在說項，有些造謠說你給獵頭公司相中，正鋪路轉職，老闆正在打聽說法是否屬實，請自當心。」

「歐洲風光怎樣？請繼續任性，玩樂至上！手信少不免吧，如許可，請在名店代購皮包，請看下圖的Chanel手袋，勞煩了！」

「發展計劃仍未有進展，母公司開始懷疑我們的能力，又關注起整個計劃的人事結構，你覺得應怎樣將你重新定位？你仍然充當策劃的角色嗎？我們可以在你回來前暫代你的職務，放心享受。」

我滑動了手機畫面後，把手機關上。晚上開始起風，我感覺有些冷，目光有些凝滯，我看着柏油路上水窪的倒影、紀念塔上的人物與兵器、小巷裏的情侶與側身通過的路人，只感覺四周的空氣一直有些混濁，我沒有回覆公司群組裏的留言，當思緒牽扯到公司的事情，整個人就會身體發麻，手有些抖，只是在想，不要與公司的人聯繫就好。

＊＊＊

在絳紫的天色裏，我登上通過琉森（Luzern）再往維也納的火車。這是我頭一趟晚上搭乘火車。前往琉森需要一小時，這是熬人的車程。火車正在向前駛，車窗外的風景不斷向後褪去。

我坐在指定的車卡座位上發獃，目光仍舊注視着火車窗外的風景，可惜根本沒有人可以在濃稠的黯黑中看到任何景致。車廂的燈光有些微黃，火車在鐵軌上行駛，發出機件運作的聲響，乘客人影疏落。我仍未能清楚判斷是否該回覆公司群組中的短訊，還是由它們擱着，我的左手手掌輕拍着斜包，右手則緊握着拳，彷彿手一放鬆，公司的職位就不保了，同事中看風使舵的人很多，如今自己竟自毀前途，我就像那黑夜中不住倒退的風景。

此刻整個車廂好像悄然無聲，剩下的只有因過度放縱思緒而產生的呼吸聲，我開始悔恨當日執意請假的決定。猛然想起，我在那桌歡樂的午宴中吹噓自己放假一個月，整桌同事都假裝羨慕，骨子裏卻是不折不扣的虛情，可能所有人都在心裏詛咒自己一去不返。

我走到火車中間的茶水間，購了一瓶有氣的礦泉水。我喝了一口，但無法喝出水的甘甜來。我提起玻璃瓶，以手指輕彈瓶身，便知道這只是一瓶普通的水注入了氣，水還是透白，這趟寡悶的旅程，同樣只是一場增添了神秘感的跋涉之旅。我看着窗外黑黝黝的景物，感覺在遠方的公司裏好像正在豢養着一群苧麻珍蝶，外形討好，時刻聚攏，惟蝴蝶的頭胸腹都有毒，而且毒液盡情流淌至待死的花蕾當中。我赫然打了個寒噤，雙手捂臉在反覆地搓揉。

仍有三十分鐘車程。坐在對面的兩名少年，一個架着眼鏡，是雙眼靈動的男孩；另一個男孩束了辮，身上裏面是一件奶白色短衣，外面是紅黑色格仔恤衫。這兩個狀似大學生的少年看來卓爾不凡，似乎正思考着甚麼。怎料那長髮少年無端向我展現善意的笑靨，然後向我遞上一本厚重的書，書口正以藍色油墨打印着大學的名稱。我以指腹滑過書口，頁數過千，我隨意翻了幾頁，書中有不少是我不認識的專有詞語。

「這是甚麼書？」我遲疑地說。

長髮少年敏銳的臉帶着半點自信，說：「你不懂得嗎？冷門書卻往往是必須的。」

「怎樣冷門？」

「書是寫人需要效法一種罕有的魚，這罕有的魚是城市人特別需要的。」

「我知道你在說月亮魚。那麼，你認為月亮魚的說法是否真實？」

在那長髮少年旁邊的另一位少年，目光靈動，他搖首說：「請別輕蔑月亮魚。紅色魚身帶有白點，圓形鼓脹，身體內設有自動調節體溫系統，在冰凍的海水當中能自動溫暖心臟，保持血脈暢通。」

長髮少年接續地說：「海裏的魚需要持續地游動來保持身體處於合適的溫

度，月亮魚則生來有這種自我保養的機能，可自動抵禦外來的冰冷。」

「這是真的嗎？」

那目光靈動的少年説：「研究指出，世上有百分之九十四點七五的人需要在勞動與交往中過活，如果勞動與交往不足，人就會不自覺地產生呆滯的舉措，所以人必須在這世界裏不停活動，以對抗從外頭而來的冰冷，就如水中的魚般，須藉着不停游動才可抵禦寒冷的水。」

長髮少年接着説：「然而，都市正進入無可挽救的寂寞與冰冷之中，故此學者鄭重地提出，當代人須面對的問題不是怎樣處理文化變異與人格異化，反而應着力強化自己，促使自己建立自我調整系統，來對抗都市化的潮流與趨勢，抵禦人與人之間的孤寂與冰冷。」

我説：「這畢竟是在道理上説得通而已。」

長髮少年愈説愈興奮，示意我將那厚重的書交予他。我遞上書，長髮少年左手接着，右手把一邊的頭髮繞在耳背，他用舌頭舔了舔指頭，熟練地翻到第七百五十頁，然後將書本倒轉，用指尖點着書本，着我閱讀其中的描述。長髮少年說：「現在，研究已進入臨床試驗階段了，你說這是何等使人雀躍和期待。」

「坦白說，我對它着實有些懷疑。」

那靈動眼睛的少年也興奮地說：「的確已進入了臨床試驗階段，研究人員嘗試從月亮魚中抽出血液，然後將血液注入人的身體內，觀察其中所產生的變化與效果。」

長髮少年拍打着自己的大腿說：「這將是前所未有的突破！」

我翻着書，問道：「請問書的哪一部分說明了研究結果？」

長髮少年搶着說：「書的最末一章作了估算，大概成功注入月亮魚血液而沒有產生副作用或排斥的人，將有效地抵禦都市化的冰冷，舉凡因人為或自然造成的憂慮、惶恐與恐懼，都無法再影響人的心情，人不會再感覺孤寂，就在自動防禦機制下，人只有喜悅的情緒，而切切實實地離開所有寂寞、困惑、懷疑與鬱悶，就等同一隻久在樊籠裏的鳥，自由地飛向天際。」

火車即將抵達琉森。當愈接近琉森的月台，兩位少年人愈發高興，那長髮少年緊握着雙手，十指交疊，拼命搖晃，正好與那靈動眼睛的少年因磨牙所發出的聲響與節奏吻合。

我向兩位少年人發問：「你們有些緊張？」

「我們……是……有些緊張。」

「緊張甚麼？」

「當火車愈接近琉森，就意味着我們愈接近幸福。在『垂死的獅子』後面就是研究所，我即將在研究所注入月亮魚血液，這表示即將可體會那種嶄新的享受。」長髮少年說。

眼睛靈動的少年看一看火車窗外，然後說：「這個世界已成定局，人如果仍然長期保持着相同的思維，逗留在相同的處境，最終只會驅使內心不停地攪動，有朝一日必然造成精神上的問題。」他遂脫去布鞋，又把那棕色方格形圖案的絨襪脫去，在背包中掏出冷帽子戴上。長髮少年老早已脫去鞋襪，在火車抵達琉森火車站後，兩位少年將那厚重的書擱在座椅上，似是故意把書留給我。兩人就以赤足踱步至月台，逐漸隱沒在人群之中。

＊＊＊

我刻下的思緒有些複雜，少年憑恃的還需要更充分的學理依據，以說明月亮魚血液對人類不造成排斥。雖然無法證實，然而自兩位少年離開後，我開始自覺地撫摸自己的皮膚，若有朝一日研究得以落實，成功注射，不但精神上可獲得治療，大概暗啞的膚色亦可增加養分，或皮屑可避免無故地過早脱落。火車繼續前行，山野的黛色逐漸褪去，隨之而來是霧雲繚繞的山頭，曦光在山間漸現，而前頭就是契斯基庫倫洛夫（Český Krumlov）小鎮。

伏爾塔瓦河（Vltava）自契斯基庫倫洛夫外頭環繞，整個小鎮給河水圍攏，河水只伸延至小鎮中央，穿透小鎮成了逶迤的蛇。這小鎮風景，四周都是橙紅屋頂房屋，我跑進一所旅館，莊園故意保留南波希米亞建築風尚，亦添上了現代建築風格。旅館路旁暈黃的路燈映照樹叢，磚瓦堆成橫斜屋頂，我穿過石板砌成的小路，逕入旅館大堂。

「先生，已預約旅館房間沒有？」那名年邁老婦人以不純正的英語說。

「訂了一星期。」

老婦人仔細處理證件和登記，同時一直保持着暖和的笑靨。這間旅館的裝飾佈置很典雅，那扇虛掩着的窗櫺有薄紗飄蕩，沿着地燈瞥去，我看見那套古典木椅正安分地擺放着。老婦人請我自行將行當提至房間，然後給予我一張這個小鎮的地圖。

我回到房間，隨即聯絡霏和妍。

「是你嗎？」霏扯高了嗓子說。

「是，妍好嗎？」我正低壓着語調。

「她好，這些日子在學習地理知識，看看歐洲地圖。」

「很好，這裏是契斯基庫倫洛夫，旅程的最後一站，我可以描摹這裏的地勢與建築，作為妍學習地理知識的材料。」
「你回來後才讓她看吧，我卻喜愛和妍在家裏觀察小動物和花。」
「小動物和花四處都是。」我噘着嘴唇說。
「外頭氣候變化很大，好像昨天仍然綺麗，今天天氣已變得不大好了。」霏說。
「霏，妳要懂得，人只逗留在相同的處境，最終只會維持固有的，沒有了趣味。有機會妳也四處走走吧！」我回說。
「我覺得不熟習的環境很不舒服，人也會愈來愈孤寂。」霏接續地說。
「不是，雖然這裏的風比家裏更大，可是卻清爽自在。」
「那倒好，這世界到處都荒鬧，許多事情都使人懊惱，聽說歐洲那邊很紛擾，人人都在找月亮魚，你也要份外小心。而我卻只想照顧妍。」霏斷然地說。
「科學實驗似乎已陸續解決問題，妳不要再擔心！請再考慮一起到外頭看看。」

「那就等候研究結果才作決定吧！」

我們就此完結了通話。我對於霏的回應已經不感稀奇，然而，我就是恐怕自己終究陷入慣性且寂寞的生活狀態中，才義無反顧地來到這裏，促使自己繼續體味生活的變化。

* * *

於是，我攜着地圖到小鎮遊歷，沿路是販賣紀念品的攤檔，很多販子兜售小鎮的模型。我捧起其中一個，聚精匯神地看，視線自模型中間的小路穿透，瞥見那頭的一碧風光。後面有幾下鐘聲，我走到哥德式建築的聖維塔教堂（Church of St Vitus），尖削的塔展現了中世紀的建築藝術，我在旁邊水池掬起正在飄浮着的氣泡，在日光映照下戳了一下便爆破，幻化成五光十色的小水點散落，俯下身子嗅着池水，一股濕氣頓時迎面而來，沾得臉濕，感覺清新。

晚上回到旅館，我坐在旅館大堂的古典靠背椅上。自斜包中掏出香菸點起，老婦人老早已坐在旁邊的靠背椅上默然無聲。

「這小鎮有一種讓人很放鬆的感覺。」我猛力抽菸。

「這裏的人習慣優閒，十分自在。」

「妳怎樣看我們外面來的人？」

「有些地方的人常常處於失落與寂寞之中。」老婦人遂指着牆上的白蟻，接續說：「你看，這些傻氣的白蟻不住蠶食牆身，牠們似乎不知道，最終會使自己失落了原有的居處。在寂寞中的人就像這些白蟻。」老婦人說起話來吞吐緩慢。

我低下頭來，思緒有些混亂，說：「世界逐漸走向物慾，人卻愈來愈失落，這才引發月亮魚血液的研究，來徹底解決人類的憂慮與宿命。」

老婦人瞪了瞪眼睛說：「研究已達臨床試驗階段。在研究成功前，世界各地或許有許多人已耐不住寂寥，精神開始錯亂，甚至由於承受不了壓力，做出自我摧毀的行為，而這些行為是具傳染性的。」

我連隨點頭附和，跟着站起來，走到窗邊，拉開窗帷，看着外面黑稠的天空。

我再抽了一口菸，然後轉身詢問老婦人：「請把這小鎮模型寄往我原來居住的城市，我要寄給霏和妍，如果她們能從模型中穿透，看出它的美好就好了。」老婦人走到我身旁，拿起小鎮模型，然後瞇起雙眼看模型，點了點頭。

在這闃無人聲的黑夜，我坐在大堂的靠背椅上，雙手緊緊拿着這小鎮模型，精神仍舊凝定，一整夜也不曾睡過。

# 前途

時鐘正指向下午五時半。綢坐在墨綠色的醫療座椅上已經四句鐘。她身體疼痛，自三時起痛症蠶食那不耐煩的思緒，小腿神經開始發麻，綢奮力趨前一看，才發現腳筋已浮腫如兩個救生圈。於是，綢將左手伸在醫療座椅外沿四處亂摸，直至摸着手鈴後就肆意地按。客廳牆上掛着黑白照，照片是綢死去了三十餘年的丈夫。鈴聲漸頻，疼痛逐漸加劇，房間內的素趿着拖鞋快步而至，拖鞋拍打木地板有一下沒一下，正好與綢腰脊的疼痛一閃一閃地和應，素熟練地把兩個軟墊往綢的右腰間處塞，用以調整綢已經傾斜了兩個多小時的身軀，順便將她身上糾纏不清的神經逐一調校。素如常地替綢按壓右腰，豈知綢一直以來沒有因按壓而紓緩了痛楚，她倒在想，既然丈夫已安舒地在極樂中如此多年，為甚麼留下自己承受那沒完沒了的痛苦。

陽台外天空逐漸濃稠，建仍在書架前巡弋，他老是在找那年藏起來的十二生肖郵票本。建在書架翻得起勁，像那在空中的蚊子四處尋覓可噬血的洞，一旦刺進皮囊，彷彿就要把身體內的血吸乾。建那空洞的眼睛瞪得緊緊，繼續在書架搜視。素如常地在建的後頭，一聲打嗝呼出剛才午飯吃酸瓜的氣味。那酥軟的床褥承托着素已經兩個小時，她仍在把玩那早已老掉牙的電話遊戲，床褥的位置剛好能凝視大廳中央的綠色醫療座椅，綢仍舊坐在椅上一動也不動。又五分鐘過去，素瞄了綢一眼，算是對她稍作關顧。

素終於按捺不住對建説：「你是否該看一下你媽？」建為了裝出疲憊的姿態，就把手中剛找到的十二生肖郵票本塞回書架中，重新再作搜尋，然後以格格不入的蹙眉來告訴素：「妳仍未了解郵票在將來漲價後可有多大的價值。」素就是抵不住建的話：「媽已經老了，請多費時間在她身上。」建還未把話聽清楚，已迅即走到大廳，拍了拍綢的後肩，問道：「妳知道郵票在將來可比鈔票，這是多大的生意！妳還未明白嗎？這樣吧，有時間多看電視，或者睡覺。」大概建不知道，綢這十年來時間多的是，除了電視看了又看，就是睡覺。綢倒沒有應答，眼睛只盯着牆上的黑白照。當大門「呼！」的一聲，建又往外跑了，素引頸看看，然後仍舊埋首在那電話遊戲中。

窗櫺外那灰濛的天空沒有氣息，空氣裏是一陣機車氣味，氣味混着天空的色調攪拌成又一個百無聊賴的下午。潮濕天氣加重了綢總無法乾透的毛絨大衣，大衣整個下午黏在她身上，弄得內衣和身體糾結成一塊，就像無法解開的思緒一樣。綢想起六十年前，在福建的祖家裏，父親死後，數個兄弟將耀白的銀幣攤在木桌上，然後異口同聲告訴綢：「祖家各樣東西歸我們兄弟，妳是女兒家別想分得甚麼！女兒家幹啥在討價還價？」兄弟們把銀幣推了一推，綢把銀幣一個個疊起，然後大手掃進衣袋，隨即牽着建踏出祖家。從此，綢沒有回頭瞥過祖家一眼。踏在濕漉漉的泥巴上，連綿細雨打在綢的毛絨大衣，她告訴建要把他帶到香港去：「建，別怕，只這八個銀幣，也夠我們餘生所用。」

「媽，爸出洋至今，已十多年了吧！」

「建，媽帶你學些洋文，我們一起生活就是。」話畢，綢牽着建，兩人就從福建走路到香港，大概走了三個多月。臨行前，綢把銀幣從衣袋內拿出來，蹲下，然後命建把銀幣倒在地上，沾上泥，她告訴建：「銀本來淘自泥瓣，現在沾上泥，你就牢牢記住這群叔伯怎樣將我們趕出來。」

＊＊＊

綢於一所製衣工廠開始在香港的日子。她在車衣機前已待上十小時了，大概綢一生最鍛煉得來的就是安坐，若不是偶爾踏在那口曲針上，她還未曉得自己的身體幾乎一直維持着相同的姿態。直至一個廠友拉開窗簾，尖削的陽光刺在灰褐無光的石屎地上，她才曉得太陽已經平西了。廠友的目光由窗檽沿着光線直掃，瞄見整天都在趕工的綢，就問：「窗簾是打開還是拉上好？」綢擺蕩了兩下身軀，廠友搞不清是綢的身子疲累了，還是那光線太過尖削。密不透風的製衣廠使新來的廠友無法適應，但對於已經幹活了一個月的人來說，只要思緒維持在車衣機的聒噪聲裏，那重複的動作促使人的意識變得簡單，窗簾開合也牽動不了情緒，卻把靈魂繼續安放在沒有停頓的狀態裏。綢就這樣在工廠幹活了許多年。

綢也不能確定，丈夫的黑白照到底甚麼時候掛在牆上，陽光迤邐在相框的玻璃面上，那銀光閃爍直打在綢的醫療座椅上，彷彿把空氣斷成兩截，橫空地透出一條通道，讓兩人的目光凝在一瞬，直通向對方。

「我和妳老爺都是同類的人，沒有事幹不成，我們都相信自己是個有用的人。」綢說話時目光緊盯着照片。

「那老爺跑碼頭，跑了多少日子？」素邊說邊坐在綢身旁，替她捶腰。

「他出洋了一次就興奮不已，第二次遠航就沒有回來了。」

她續說：「那深邃的海很遠，聽說那猛烈的雷擊打船櫓，船一下子就沒有了。船沒有了由他吧，人卻往哪裏去了？如果那黑漆的夜沒有星光，海裏的魚到底有沒有為他引路，好讓他漂浮到岸；或是岸的邊陲有否刻意顯露，以避免他隱沒在黑夜的海潮裏。」

素走到綢的面前，蹲在腳邊，替她按摩腳筋，以為藉着改換按壓部位能減輕綢的痛楚。「那麼腳是甚麼時候開始腫起來的？是在酒樓打工以後吧！」綢點頭虛應一下。自丈夫音訊杳然，綢好一段日子無法適應，對於晚上的海洋尤其懼怕，那份恐懼像一直斜落的甬道，光線逐漸昏暗，最終卻把兩旁的牆壁收納在視覺中央那黑魆魆的魑魅魍魎中，形成一團混沌莫測的黑暗。為了正視自己這心理問題，綢決心改變工作環境，離開幾乎不見天日的工廠，決意在酒樓那沸騰的人聲中重新拼活過，也算是為了建吧。

* * *

自那昏暗的街角拐彎，建終於來到售賣郵票的商場。商場內光管時明時暗，樓梯轉角有些濕濡，那一灘水漬散發嗆鼻的尿味，建捂着鼻又撇着嘴，三步併兩步直往二樓跑。他穿過了幾間店鋪，鋪主也為少有的腳步聲而仰首張看，然後又埋首在自己的郵票本裏。這天，剛有稀客來店鋪找店主，想以高價把平平無奇的郵票賣出。店主不善推卻，造成尷尬僵持的局面。建不由那些混水摸魚的人吹噓，就上前以三兩句話把怎樣鑑賞郵票說得透徹，店主連番稱是，稀客也就沒趣地離開了。建輕舒了一口氣，雙目亂投，故作輕鬆地在那家郵票社前佇立了一會，駐足看着櫥窗，裝作入神，靜待時機取出珍藏郵票，希望與店主洽談價錢。然而，周圍的顧客見建到來，估計必定有甚麼好貨色，反更踊躂左右，就像一群無法驅散的烏鴉一樣。店主一臉焦灼，恨不得馬上把那群無關痛癢的人趕走。建霍然打了個噴嚏，捽一捽鼻頭，左手按着鼻樑，一把鼻涕準備擤出，這群人立即避開，就此散了。店主說：「建兄，今天有甚麼好貨色給我？」建趕忙把擱在身前、以手撫按着的斜背袋拉開，取出那套十二生肖郵票，嗓子吊高了，給店主開了價：「本應三十萬，現在二十萬就成。」建懂得這個價錢絕對相宜，店主固然毫不考慮就把郵票收下，打開夾萬，取錢、擬單、交付，乾脆俐落，建隨即張臂把二十萬現鈔掃落袋中，把斜背袋拉鏈合上，撇下一聲謝，旋即離開了。

＊　＊　＊

屋內的木地板簇新而有光澤，一道金光自窗台折入，地面像雪地遇上晨昏，呈現單純的亮澤與清暉，一家經年住在這裏，加上綢喜愛乾淨，素自然把地方打掃得妥當。素踮着腳尖由房間走到大廳，她如常把木椅置在黑白照下，雙腳甫踏在椅上，就把絨布揚了揚，陰柔地把照片自中央向外緣抹，每回抹至老爺的眼睛，素就像在其中窺見那一碧海洋，如綢在近岸遠眺，而那出洋的船早已沉沒了。倏地，綢在身後說：「素，妳往後的日子就打算這樣過？」

素隨即轉身道：「當然！」

「妳不是還想歸去嗎？」

素自木椅上下來，走至綢的身旁，把軟墊重新放上，軟墊使綢的右身旁舒緩了些，素逕自走到窗旁，向着那窗外不知何時飄來的氣球，說：「不會了，自嫁給建以後，再沒有回小學了，反正夢想有時會越飄越遠。」素的目光緊盯着那飄蕩着的氣球，卻不曉得氣球自哪裏來，又將往哪裏去？

素順道把窗外的汗衣、內褲和襪收拾整齊，放在紅色大膠盆內，坐下，膠盆擱在大腿上，然後在外衣袋內掏出電話，又再開始那電話遊戲。

綢聽罷臉色㦃㦃，手指直指向玻璃茶几內的陳舊小學課本。課本早脫了線，發了霉。綢告訴素，如果偶然發呆，就瞄一下書，翻一下書頁吧，可能妳會發現，那少年時候的心願還沒有膩，摟着它或者可以擠出那育人的意志。只見素仍舊牢牢地鎖在電話遊戲裏，沒有注視課本一下。

突然，窗外來了一陣風，吹得素顫抖。素霍然放下電話，將膠盆擱在地上，走到綢的身旁，替綢披上一件薄薄的棉衣，然後說：「媽，自開始照料妳以後，我已沒有考慮別的事情了。」

「素，妳一直不願承認仍有想幹的事情，不如這樣，來一趟旅行吧。妳不必顧慮我，就聘一個看護來照料我好嗎？難道我一輩子坐在這裏，妳就一輩子待在家嗎？」

「那就一輩子待在家吧！」素頓時喉頭一陣灼熱，胃酸湧流又吞回，口腔已是一股酸瓜的氣味。

素不期然把目光投在牆上的月曆，那月曆是十年前掛起來的，一直掛到現在，月曆上捷克小鎮克林洛夫的風景照早已褪色了，僅能藉殘餘且暗啞的微橙色屋頂，來展示素對於旅行尚存的盼望。

「素，人生就是忙碌，不是忙這些，就是忙那些，我恨不得自己仍能幹活，人生存的意義就只有忙碌，忙碌是印證人存在意義的唯一可能。那年開始在茶樓幹活的日子，雖然鐵車很重，然而賣點心時步步走來都是踏實。大概妳無法理解只能安坐的痛苦，彷彿千萬隻螻蟻往身上亂竄，無論怎樣撥弄，人就只餘苟延殘喘的力氣，但當看見茶几上的灰塵、地板上的紙屑、牆壁上的熏黃，或者那仍未緊閉的門，這些都可使人想起來幹活。」綢說罷了話，才盡情地咳嗽起來。

於是素輕輕掃抹綢的背部，嘆了一聲說：「我不敢遠行！」然後往廚房沏一杯溫熱的普洱，端在手上遞至綢的唇邊，素輕吹一口，告訴綢茶已涼了，綢邊咳嗽邊嚥下。就在綢欲言又止之際，走廊上有個大叔在叫喊「衣裳竹」，聲音如在海上呼救，綢每次聽見都十分害怕。那聲音很渺遠，在走廊自遠而至又隱沒，直至叫喊聲終於在大門外出現，綢故意忍着喉頭，待那大叔經過，聲音消失，她才放肆地咳嗽起來。已經許多年了，這聲音一直在綢的心裏縈繞着。

＊＊＊

那天霧氣氤氳，從家裏走至瑞芳樓的小徑，碎葉鋪滿地，路成了一條青褐的蛇。建心裏忐忑，正與外頭冷徹肌骨的寒氣相混，他覺得裏裏外外都是催人的冷。這次生意幹得更大，可能有些暗湧，建費勁地撐着那瘦澀的眼皮，抵住昨夜因精神緊張導致的委靡不振，總算來到瑞芳樓。樓的盡頭是一所內室，買家早就待在圓桌旁，建趨前向買家問好，坐下來呷了一口上等鐵觀音，就從斜背袋內掏出四個銀幣。

「銀幣從福建帶來，泥也未清，貨真價實。」

「建兄，你的信用有誰不曉？人家買的是貨，我看的是人，只要是建兄的貨，都是好貨。」

「好貨就鐵價不二。」

「好吧！那四枚銀幣都要，就按定價不議。」買家從背袋掏出一卷又一卷鈔票，直遞給建。「你不是還有四枚銀幣？也出售嗎？」

「那四枚不賣，貨要一批批賣，待子孫長大後，價值更高。」建與對方握握手，便逕自離開瑞芳樓返家去。沿着瑞芳樓途經那街角地產舖，他順道拿取近來商舖成交價單張。路途上，建的思緒已逐漸萌生新意念，且慢慢成形。

建甫踏進家，還來不及接過溫水，便以乾澀的聲音告訴素：「趕快把店舖租下來，我觀察良久，那裏遊人如鯽，賣一些小吃甚好……」

建還沒說完，素淡然地插了一句：「那四枚銀幣賣了吧！」

「都賣了！」

「賣了倒好！錢還得儲起！」

建沒理會素的回話，在廚房開始弄起一道道甜點，甜點溫熱，香氣飄散至整所房子；起初是焦糖草莓鮮奶油鬆餅，香氣濃郁，然後是淡雅的木槿花奶凍，二者混起來有一種迷人的別致。三天後，建把租賃合同帶回家中。素把合同鎖在夾萬裏，翻開賬簿，賬簿墨綠色，剛好與綢的醫療座椅顏色相同；賬簿的第一頁寫着：「銀幣一去，店舖就來。」從那天起，素在家裏添了一份工作，就是每天替店舖記賬。

素開始在家鑽研鬆餅的味道，建要獨有的鬆餅香氣，素便將不同的材料混合。偶然混出一種海洋的味道，氣味在空氣中蕩漾，依附在白煙中如海洋的霧，綢的雙手不住地在空中迴環往復地撥，手的形態卻如站在岸邊那無法捕獲風景的人。海洋的氣味滲透白煙中，直侵入綢的肺腑，成了一種逼真的恐懼與憂戚，而白煙背後隱約透出黑白照中丈夫的眼珠，她嘗試挪移雙手，本打算抓住空中那兩團黑茫茫，卻因過度恐懼而無法抓着。於是，綢告訴素：「我嗅得一陣像嘔吐的餿氣。」素趕快把廚房門關掩，然後又端出一杯普洱，來安慰綢過度敏銳的思緒。

綢嘆了一聲說：「我還可以幹些事情。」

「有時間多看電視或睡覺吧！」建回應説。

有天，建坐在綢的醫療座椅後面，整個下午面對着手提電腦，電腦熒幕呈現一個個書影，都是線裝書，他替每一本書添上文字描述，然後逐一把書影與文字上載至社交平台上售賣。建在好些年前購入一批又一批的線裝書，素本打算將全部書籍贈予大學圖書館，建卻想把握機會做些生意，遂開始將線裝書分門別類，置在本來藏十二生肖郵票本的書架上，然後逐一拍照存檔。正巧素又端出新製的鬆餅口味，這次是銀幣的冷餿味，感覺很冰凍，最合商場內經常精神緊張的人士購買。建認為這味道真好，可以為墨綠色記賬簿添上額外的收入。素將鬆餅放在桌上，告訴建説：「你是否該看一下媽？媽已經老了。」

綢在醫療座椅上聽到，便説：「我仍可幹些事情。」

建倏地走到綢的身旁，按了綢的肩膀十數次，然後坐下來繼續打字，他已開始適應鍵盤的墨黑，如適應逐漸濃墨的天色一樣。「現在生意處處，生活沒一刻可以鬆懈。」建緊蹙眉頭說。

「建，你想做的事情很多，都很有意義和眼光，然而能從自己的想法走出來的人，才不至於受生活的形式與變化所限制。」素淡然地說。

建本來想虛應一下，卻結結巴巴了好一會，繼而又眺望窗外，原來藤蔓早已枯死，枝椏正向四方八面伸展，空氣凝住，悶出一陣使人侷促的鬱熱，這陣鬱熱就如人在密不透風的工廠內永無休止地做着重複的動作。「那墨綠色的記賬本還是要填滿和充實的。」建嘆着氣說，然後着素再研發新一種鬆餅的味道來。

素轉身步入廚房，再思考怎樣替鬆餅添加新款式，她告訴建，綢的墨綠色醫療座椅需要修理，然後就在廚房內調校新口味鬆餅。除了已經製成的鬆餅口味，素還想調校一種帶有課本味道的鬆餅推出市場，以迎合年輕人的青葱口味。

＊　＊　＊

夜裏，窗外的雷呼天搶地在狂吼，旱天雷正在預示着四周的憋悶，就像一個完全給抽空的壓縮袋。

綢安坐在醫療座椅，翻看上星期已曾播放的節目，素如常地沏着使人神清氣爽的普洱，給坐在電腦前的建和仍未準備睡覺的綢品嘗。

# 島

樓房仍舊存留着腐爛的肉臭氣味，好些日子仍無法散去，雖不至嗆鼻，卻因混在空氣裏，形成一股濃烈的異味，縱然以手遮蓋，氣味仍從四方八面掩至，似乎充塞在整座樓房。越逐漸無法忍受這種前所未有的狀態，她在床上躬起身來，穿上大衣，掀開被單，左腳伸至床沿，套上拖鞋，右腳卻仍在床上以左手按壓着。基於這股氣味徹底影響人的精神，她決意離開這座樓房。

越已好些日子無法照料自己，更遑論是照顧家中的寵物。難以自制的臉容抽搐已經維持了三個月，三個月來她故意拉長臉頰，藉以對抗臉部慣性的跳動。而因她始終無法處理這種不自然的狀況，加上這星期濃烈的氣味逐漸凝聚，使她愈發焦躁，甚至精神潰散。此刻，她在床上屏着氣，準備往樓房外逃去，她的思緒在想像整個過程：首先打開樓房鐵門，穿過通道，自樓梯往地面走，經過三層樓就會到達大廈正門，只要把門打開，她就可以挺向外頭的世界，空氣定與這裏截然不同。越開始想像外頭世界的各樣變化，身軀便開始綳緊，而精神就愈來愈亢奮。這夜的逃離，將會令她重新體會餘生的各樣可能。

吉在越的旁邊一直沒有說話，就像在囤積話語，只乾巴巴地在看她的動靜。吉一臉鄙夷，死也不相信越斗膽出走。自從他們兩人決定遷入島內，吉已沒有別的打算。越的眼睛懸着眼淚，像是受了甚麼樣的委屈或脅迫，她一直按壓着右腿的左手突然鬆開了，吉隨即伸手捉着越的手，說：「不要！」越打算甩開吉的手，吉卻用力握着，再撥一撥她的髮，說：「妳看，妳的頭髮都白了，以往未有發胖時比較靈活，現在怎樣逃，妳說怎樣逃？」越說：「你嗅到嗎？」吉說：「妳就當是尿膻或汗酸吧。」越出力甩開吉的手說：「怎麼當？已經整個星期了。部門一直沒有處理，一直沒有，你有本事你來搞。」吉有些氣說：「我搞，我怎樣搞？我若真搞起來妳可別阻止。」然後兩人是一陣沉默，只看見路燈映入，以及聽見起士機悶人的轉動聲。

越撥弄了幾下床沿邊的背包，背包已放在床邊兩個星期。越輕嘆了口氣，手依舊掩鼻，說：「是怎樣死的？」吉拍了拍越的右腿，起來走至窗前，只那幾步，一拐一拐地像走了一刻鐘，看着窗外那明暗閃動着的光，說：「聽說是給自己飼養的寵物咬死。她本來沒有這種本事，卻充『大頭鬼』，結果如此。」

「果然是這樣，我就是不明白她怎會飼養家狼，正確的說是野狼。不是不可以飼養野狼，只是她未有足夠的鍛煉。」吉在玻璃窗前看自己的臉，臉上滿是皺紋，皺紋的紋理像極裂縫，他頃刻覺得自己也像死人一樣，吉說：「部門說島上有其他仍未處理的屍體，有些已呈現發脹、腐爛、再收縮的情況。我無法理解這情況將對島造成怎樣的影響；同時，部門似乎沒有考慮過度將人遷入，終將令島的人數倍增，從而產生許多無法彌補的後遺症。老實說，我擔心島。」

「我們還要顧慮島的將來？你甚麼時候考慮島多於我們？若不是部門把這裏弄

得一塌糊塗，我亦沒打算逃離。」越說話時瞪着吉，手用力抓着被單；當她將被單推開，床褥彈簧擠壓出怪異的聲音，聲音就像死去活來的難民徒手將鐵絲網拗彎時產生的高頻。就在聲音刺入吉的耳朵時，吉凝定的瞳孔倏然瞪向光的中央，越走向吉的後頭，抓着吉的背部，歇斯底里地說：「阿兆是怎樣死的？難道你忘了嗎？孩子好慘，他才二十，就這樣沒了，就這樣沒了。」

「誰叫他逃走，部門一直待我們很好，島本來已經無憂。人何以總不安分。」

「吉，你真這樣想嗎？」越嗚咽着。「吉，你再考慮，可以嗎？我們都走。」

吉伸手緊抓着鐵鏽的窗櫺，眼睛就像充了血的獸，鼻孔膨脹得拼了命在吸氣，還有那死命地緊咬着的牙齒，他毫不察覺自己老早已全身繃緊，就像是殘破不全的雕塑般呆呆地佇立着。

＊　＊　＊

各種類型的產品相繼送進便利店，白無法理解何以人人都在搶奪本來不屬於自己的東西。都是因為過度的奢望，人們才會拼命遷入島，導致現在便利店日夜排隊輪候的現象。

白在掃描產品條碼，貨品逐件提起，放進自攜布袋，顧客請白盡可能把袋塞滿。白將熟食貨物另外包裹，他刻意把食物端在手上，趁那熱騰騰的蒸氣仍然飄蕩，就把貨品直遞至顧客手上。他無法掩飾對這類顧客的憐憫，顯然在進入島之前，顧客特別珍視這種熟食，聽說島內沒有。白嘗試逐一與便利店顧客對上眼，他難以理解顧客竟都呈現堅定的神色與目光，就像在生命中切切實實地擺脫了憂慮，且即將進入前所未有的嶄新生活。顧客M將一袋兩袋的貨品塞進背包，右手按着，左手拉緊背包索繩，扣好鎖扣，站起來，雙手拍了拍顧客N的雙臂，緊抿着嘴唇，狀似準備就緒。白幾乎每個晚上都看見這種顧客，他們的神情對於白來說是從未見過的荒謬，這種對島的渴想是白意想不到的，事實上他亦曾經出言勸止過。

這月夜，恆熠星輝透入，便利店人潮稍為減退，白在貨倉把一箱箱的葡萄汽酒排列整齊。基於島內不提供酒，甚至不鼓勵喝，所以顧客進島前都大量購酒。青進入貨倉的通道，通道幽涼，光線和溫度的轉變使她走得輕盈，她的呼吸逐漸暢順起來，糾纏了許多年的哮喘症狀就像突然消失得無影無蹤；正當她拐入貨倉的排架後頭，青發覺白正木然地將貨品疊起，縱使他的身上仍然留有燙傷、皮屑仍在脱落的皮膚，青幾乎確定，白的精神比起他的身體更加勞損。她拍了拍白的右臂，白沒有回過頭來看她，他只放下本來在手上的葡萄汽酒。青帶着諒解的語調説：「你還執拗是否應遷入島？」白低下頭沒有説話，他正嘗試放鬆過度拉扯着的腦袋，乾涸的嘴唇因長時間緊抿着，導致張口時上下唇彼此黏着。「島是個陷阱，請別再游説。」青嘻笑了一聲，説：「別説得這般嚴重，不就是另一種生活常態而已，況且部門老早安排了房子和各種醫療設備，也着力減低人們的經濟負擔，居民不必繳付税項之餘，還有各類型的工作機會，人的生存權利與尊嚴都因着部門的分配而獲得肯定。」白正因為青的説話提高了注意力，他以右手食指指着青的額，語帶威脅：「部門已肆無忌憚地滲透各樣正面的訊息，使你們這種以為進入島後可免除生活困擾的人，仍相信部門的安排是有效的。」青不住搖頭，握着白的雙手，她本打算再向白說明島的好處，然而她還是止住，她認為片刻的安靜能更有效處理白當下的心情，而且對於再游說必然更加有利。白向青點了三次頭，倒過來握着青的手搖了搖，然後轉身走向那幾箱葡萄汽酒，他摸了摸臉上的鬍碴，清了清喉嚨，說：「既然人進島三年後不能再離開，只能永遠留在島上，那還要考慮遷入島嗎？」白翻開酒箱，取出一瓶酒，拔出酒塞，一口氣喝了半瓶說：「我不認為島比這裏更適合我們。」青瞪了瞪眼說：「真是這樣嗎？我看現在人人都往島裏去，部門已在島上築起樓房，這裏許多低收入戶和露宿者都可因而得益；況且，三年試住期後幾乎大部分居民都定居在島，不再離開。我還以為是爭相遷入，你竟反其道而行。」

＊＊＊

經過一星期風雨橫斜的日子，早上耀白的陽光映着島的大道，地面乾爽，氣溫暖和，這種天色已經很久沒有在島上出現過。島上的人逐漸跑出來，他們就像荒野捱困後重生的樣子，一時間難以適應空氣的變化。島上的道路十分寬敞，部門考慮到晚上的海沒有光，故此每二十步路鋪設一燈柱，居民可以每晚牽着寵物踱步。每條大道設有瞭望台，部門聘了職工把守。瞭望台底部白色小圍欄上掛着鐵牌，上面寫着「觀光用」，有次白信以為真，走至瞭望台裏觀看島外的船隻怎樣駛過，自由眺望，只是看守的人一直都在，似乎從來沒有離開過。大道旁邊朝海的方向是一排店，手錶店在街角，依次是寵物店、理髮店和部門辦事處。辦事處的正門打開，門鈴響起。吉習慣了這種門鈴聲音，故沒有向門口方向看去。

一大清早，踏進辦事處的是院長。進島之前，院長在孤兒院待了四十年，他畢生的心血都貢獻在孩子身上，直至退休後和太太決定遷入島內。院長太太沒有為院長生過孩子。院長仍舊穿着英式格仔花紋西裝，手拄着拐杖，一雙棕色皮鞋，鞋就像今早添了鞋蠟，與地板一樣發亮。院長按了按櫃枱的鈴，請正在擺設裝飾的吉到樓面來。院長以右手中指與無名指敲着櫃枱，左手按着斜包，說：

「吉，又見面了。」吉的頭向左前微傾了一下，算是回應了。院長有些靦腆地說：「你知道的，總要作個決定。」院長嘴唇一直抖着，深吸了一口氣，說：「終於還島三年了，三年來起了許多變化，以前在島外的時間只專注在孤兒院的事務，起初的片段已經相當模糊，只記得是快樂的；直至後來有許多時間放在孤兒撫養權爭議的官司上，我開始發覺，有時無論怎樣維護孩子亦不管用，在法律條文下，所有無辜的孩子都沒有受到應得的保障，有些撇棄孩子的父母發現領回孩子有助他們遷進島內，竟說了許多荒誕的話。我敢肯定，他們由始至終都不在乎孩子。」吉使力眨了眨眼睛，卻沒有回話。院長繼續說：「社會裏愈來愈注重孩子的權益，然而所謂着重，充其量是有些權威人士在替孩子發聲而已，根本上缺乏全面的政策，例如，讓孩子選擇上學的方式，讓孩子選擇自己的興趣，甚或是怎樣的生活形態，尤其是這些孤兒。」吉點了點頭，問：「院長，你決定放下甚麼珍視的東西，來換取島的住屋？三年期限已經屆滿。」院長連忙回應：「是，所以我今天來。請讓我先把話說完，我意思是，為何我放下孤兒院而遷入島內，是因為那裏存在許多真假難分的面貌：包括孩子的偽裝，是我意料不及的；我最後取錄入住孤兒院的那個女孩，我還記得她進院時是自己走進來的，這並非常態，卻因而引起了我的注意，我替女孩準備了各項計劃，包括安排她的學習，甚至是額外的活動補助金等，她都欣然接受。這個乖巧的女孩很懂説話，孤兒院的職員都很喜歡她，尤其是我太太。太太替她準備了許多衣服，還天天替她打扮，那段日子太太很快樂，像家裏添了個自己的孩子。過了兩年，太太順理成章把女孩送到機構辦的高校就讀，入學那天女孩叫了太太一聲『媽』，太太哭了。」吉説：「那好！」院長這下轉了臉色，説：「可恨是這聲『媽』後，女孩告訴太太，她的生父生母打算將她接回，她即將要離開孤兒院。你説，這是甚麼説話？這個女孩，原來她根本不是孤兒，她進入孤兒院全是為了考進島內的高等院校，後來，她的生父生母得知遷島的條件已經滿足了，於是隨即接走女孩。真的豈有此理，你説，太太怎麼受得了？女孩從頭到尾都在説謊，我告訴過太太別太在意孩子，這些日子許多冒充的孤兒，就是為了遷島，竟偽裝無父無母，你説，女孩的生父生母是怎樣的人呢？這一來害得太太病了很長的日子，我們傷心得離開了孤兒院，索性不再在院舍工作了。」院長說話時仍然忿忿不平，他用左手在斜包內取出某樣以絨布包裹着的東西，端放在枱上，向吉的方向推。那是一枚獎章，吉架起吊在頸項上的眼鏡，仔細端詳，獎章上面寫着「榮譽院長」，吉搖了搖，將它放在左面的石櫃內。院長躊躇着說：「我已看透了假臉孔，也聽得太多假說話。我明白的，聽了假話也沒甚麼大不了，只是不要讓我再聽真話就好。你知道嗎？我和太太離開了孤兒院，院舍沒有為我們準備住的地方。太太說，那麼乾脆遷入島，反正有三年試驗期，就這樣進來了。好吧，放下珍視的東西，總算落實定居在島。」吉放好獎章，請院長在櫃枱前辦理各樣手續。

「吉先生，近來島的治安像轉差了，你家鄰人給謀害是怎樣回事？」吉放下文件，尖削的目光一直瞪向辦事處門外，他走至門外，把一支菸遞給院長，自己也點了菸，兩人在辦事處外抽起菸來，吉說：「是給自己飼養的野狼咬死的。」

「怎會這樣？」

「部門分配了寵物，是要人重新學習，若無法管得住自家的寵物，牠反成了人的羈絆。上帝創造世界是要人管理大地，部門要求島民藉飼養寵物來學習重新恢復世界應有的秩序，只是那女子竟沒有按部就班，從學習飼養貓開始。」

「的確，野狼是高級別的寵物，若未懂得馴服，是非常危險的。」吉沒有回話，他隨着菸飄散的方向看，兩名女子走過，看她們的樣子，大概是年輕母親的年紀。兩女子都施了薄粉，一臉從容，大清早走在大道上。吉就這樣看着她們走過，他估計她們正往餐廳吃早餐，看她們的表情與身體自然擺動的姿態，她們應已接受了永遠在島居住的生活，且完全沒有打算逃跑，從她們的身材不難理解兩人已沒有鍛煉身體的必要，這在島是常見的。吉卻留意到院長一直在看她們，直至她們在手錶店拐彎隱沒為止。

院長再回首看吉說：「吉先生與太太還好嗎？」

「還好！」

「關於你兒子的事情，真令人難過！」

吉沒有回話。院長連忙說：「對不起，我不應提起。」院長欠了欠身，說了聲再見，連忙向手錶店方向走去。吉沒有再看他，只一直在聽院長的鞋踏着地面所造成的聲響，直至聲響完全消失在大道之中。

* * *

在島的邊陲驀地生出野花，亂序的墓碑分不清是誰的從前，霧靄瀰漫，令人以為死去的人是觸手可及的存在，青向着靜謐的海想起島外的日子，她仍無法理解阿兆的想法。青瞥着懸崖上乾涸的岩石，鐵網在懸崖頂部一直延伸至遠處，那破裂的缺口旁豎着白色告示板，青曾接近看，告示牌上寫着好些恐嚇語句。青認為這種警告是多餘的，根本沒有人會離開，島能供給居民所有需要，她想起島外連房屋都沒有，那日子很難過。青在邊界蹓躂，她牽着細種牧羊犬走至高地上的草坪，她蹲下解開牧羊犬的頸圈扣，跟牠說了些指示，吩咐了奔跑的範圍，牧羊犬點了幾下頭，尾巴一直擺動，臨走前舔了舔青的臉。白站在青的旁邊，左手插在褲袋內，右手偷偷地拿着葡萄汽酒，微醺着臉地説：「妳已完全掌握了這個級別的管理，從犬隻的反應不難看出牠已把自己完全交予妳掌管。」青聽了後點了點頭，心裏感覺這是無容置疑的，自從遷入島後，青認為自己學會怎樣將人的價值提升，從前在島外沒有機會想像原野的青草怎樣翠綠、海怎樣遼闊、犬吠怎樣富有節奏，過去眺着海洋，眼澀的日子很苦，海的腥味充斥，與現在的舒態倒是截然不同的。白牽着青的手臂，扯着青回到起初看望遠處的地方，青似乎沒有拒絕，亦因遠離草坪更可顯出牧羊犬已完全聽從命令，她聳了聳肩，手向前揮動，隨着白的步伐前行；他們在墓碑的周邊看見一個男子，從他的穿搭，青估計他是看守墓園的人。青在墓碑前來來回回，她在看碑上怎樣書寫死去的人。然而，她留意到看守墓園的人漸漸湊近，她估計他想找人説話。青還未開口，男人倒自説自話起來。

「我在這裏很多年了。」

「多少年？」

看守墓園的人嘟囔了幾聲，沒有正面回應，卻說起別的話來，白在旁邊扯着青的衣服，青拍了拍白的手。那人說：「我本來是都市人，是賣報的。檔口在一家醫院門口，對面是商廈。我賣報卻不是沒有知識的，我看時事、國際新聞，還會把評論逐一讀完。可是家裏的人沒有把我賣報當作一回事，他們不跟我說話，我對於家一無所知，甚至太太的弟婦給謀害了，我還是在報紙上讀到的。有時我可憎恨醫院的清潔工，他們把髒物隨手丟到檔口旁，還不發一言便從我身後經過，我那次起來跟清潔工理論，扯着他的衣領，要他把髒物移走，他不但不聽，還揍了我的肚子四次，我清晰的記得是四次。清潔工捻着我臉上的鬍子，拍打我的臉，然後回到醫院裏去。」

青咂着嘴說：「說實話我不必聽你的故事，但你大可繼續說。」

看守墓園的人說：「妳沒有必要聽，我亦不是勉強妳，只是那次事件後，我着實害怕，我害怕他再次夥同其他人找上我，我鼓起勇氣跟太太說了，還說出不再辦報檔的想法。」白請求青別再耽誤，但青着實想知道這男人的太太會否憐憫自己的丈夫，因為她心裏似乎已對事情的發展有了看法。

「太太不感到意外，她說這世界很早已沒有了報檔，不明白我何以還在街上兜售。」

青心裏暗自竊喜，她早料到這男人的太太會有如此反應。青揚着手說：「所以你感到失望了吧！」

看守墓園的人沒有立即回話，腳踏着地上的泥濘，視線漫向島外，然後，他突然像笑岔了氣，聲音有股異常的怪異感，說：「我感到快樂，是前所未有的興奮。她竟向我說話，我已無法想起太太甚麼時候曾經說過話。我只是愧疚自己一直活在荒唐的日子裏，我本來就是荒唐的人。」

青有些不解地說：「太太沒有說話是她不好，賣報與否亦不是你可以主宰的，怎會荒唐？」

「作為祖護妻子的丈夫，我怎樣也當讓她受尊重，即使她已在外頭另置家庭，但我無法表現出大方或理解，還常常展現手足無措的狀態，和這張面無血色的髒臉。我應學會體諒她的需要。」

青訝異地說：「我無法理解這種想法。」

「自從我察覺太太有了異樣，她開始將家裏的東西逐件搬離，先是她常穿與不常穿的鞋履，然後是各種款式的衫裙。」守墓園的男人突然哭了起來，哭得像小孩，青才發現他衣領上露出一截脖子，看起來份外淒涼。「後來我回家發現，她陸續將家裏的東西移走，櫃內的裝飾、廚房裏的碗碟、睡床上的被單和枕頭，而到最後，就是餐桌、沙發和床。」

看守墓園的人和青都靜默了一會。他接着說：「她是好的。」

霧開始飄散，惟積聚已久的雲沒有消弭，雨開始綿綿落下，打落墓碑上形成滴答不齊的節奏，青看着看守墓園的人微佝的身體，雨水自他的背部滑落，青開始憐憫他。

白倏地看見其中一個墓碑旁邊生長了特別的花，他趨前觀看，發現許多紫薊圍着墓碑，花呈現針狀向外漫生。青看見白走起路來一拐一拐，時而蹲下，時而站着，又伸出粗糙的手嘗試摸花，驟眼看來針草比起他的手更加細膩。青轉過頭來問起守墓園的人：「你是怎樣守起墓園來？」

男人盡可能挺直腰板說：「話說回來要感謝部門，起初三年試住期我嘗試不斷調整自己，倚在部門提供的房子露台前，露台朝馬路，我百無聊賴地在露台撫着鐵架打着鼾，看路人走過；熱天聽蟬，冷天看霜，不知怎的才混過一天，我就像無人料理的青苔蘚，偷偷地活着。後來，可真幸運，部門終於分配了守鐵網和守墓園兩個選項給我，經過心理評估後，部門認為守墓園對我餘生最為合適，我就此安定下來。」

「那麼你沒有想到島外了嗎？」

「當然沒有，部門設定我們只可留在島上，對我們這種人來說是很適當的，而且部門訓練我們放下珍視的事物，我發覺除了我外，還在許多島民身上產生了效果。」

「抱歉，我不是來做訪問的。我本來是想問關於墓碑的事，只是我突然好奇想知道，你放下了甚麼珍視的東西？」

男人嘆了一口氣說：「我放下了報檔鑰匙。吉先生還刻意放在辦事處當眼的排架上。」

「吉先生有問起你放下鑰匙的原因嗎？」

「沒有，他從來不向人查問，除非是島民自己說。」

男人指向墓園的中央，問青：「妳剛才說要打聽墓碑的事？」

「是，我想看看其中一個新建的墓碑。」

「甚麼名字？」

「阿兆。」

守墓園的人頓時像煞有其事般欲言又止，他的右手在空中隨意地比劃着，喉頭忽爾「啃」的一聲說：「妳友人站在旁的墓碑就是，墓碑旁的紫薊是越女士種植的，就是吉先生的太太，妳認識她嗎？」

「算是認識，島民都尊重他們兩夫妻。」

「阿兆的事對越女士來說打擊可大，她每回來到墓園，目光都帶着憤恨。我個人以為她一直未有好好接受鍛煉，亦未好好讓阿兆理解部門的用意，導致心理上造成不可理喻的思維。我們都替這青年人惋惜。」

青默默地點頭，認同守墓園的人所說的話：「以吉先生的教育水平，家庭竟面對這種尷尬的局面，實在始料不及。」

青向守墓園的人道別，欠了欠身，跟着走向白所站立的墓碑前，她搖了搖白的手臂，白卻一直將手插在褲袋內，沒有作聲；青轉而向地上的紫薊察看，她覺得花很美，花瓣與樹葉同樣挺拔，呈現硬朗不屈的形態。白忽然問起青：「守墓園的人有沒有提起阿兆是怎樣死的？」青搖了搖頭，沉默半晌。

遠處傳來一陣狗吠聲，青揚了揚手，細種牧羊犬自山坡草坪上往墓園奔跑，直跑至墓園附近，牧羊犬走過守墓園的人，狺狺吠了幾聲，守墓園的人傻兮兮地向牧羊犬笑了。牧羊犬再吠了幾聲後，奔跑至青的身旁，身體左右款擺，把落在身上的雨水甩去，但很快雨水又再沾濕牠的身體。青就這樣在雨中伴着白，他們就此站了好一段時間。

＊　＊　＊

天色有些陰陽怪氣，有如冷血的鳳凰。跨越大道的天橋自店舖一方延至對面行人道，行人道外是大海，海面外就只有地平線，其他甚麼也沒有。若非從外頭搬進來的人，大概無法理解島外原來存在別的世界。寵物店如常開業，每天二十四小時營運。寵物店外掛着各種級別的動物照片，島民可視乎自己對管理動物的熟練程度，考取不同級別的動物管理資格認證。不知怎的，今天寵物店門外堆積了幾隻奄奄一息的蝶，蝶由一開始已不是動物管理的類別，而有些島民開始意識到島應增加可料理寵物的品種，惟社會上仍然未形成討論的氛圍，部門亦不願意島民擾亂本來行之有效的寵物級別，而大多數島民亦不反對島的這種狀況。落霞映着玻璃門，穿透在地形成尖削的線條，幻化成彩帶。一頭貓慵懶地躺在地上，瞇着眼不動聲息，手不住地在抓撓那幻變中的落霞；直到有人走進寵物店，光影挪移，貓眼張開，眼珠左右打量，狀似在分辨熟客與稀客的模樣。

店內比起店外溫暖。吉與越在店內等候，直至店主晴把方才的顧客打發，邀請吉與越到店的最內端，看他們飼養的寵物。晴臉上展現笑靨，領他們進到工作台前，帶上塑膠手套。吉由始至終都是平和的，他沒有抗拒飼養寵物，甚或乎說是十分喜歡，越卻一直不作聲。晴拍了拍越的肩說：「事情會過去的。」這一語令越心裏的微絃扣響，而晴也只是想令越放開一點阿兆的事。晴在籠內捧出一頭猴子，牠因為給注射了麻醉藥而正安睡。猴子的毛色亮澤，睡在工作台上有如初生的嬰孩受到照料。吉看見猴子，心裏湧出一陣哀憐，他覺得猴子很漂亮，他想起自己對猴子一直以來的照料，和牠相處時的快樂片段。吉記得，阿兆亦喜歡牠。吉起初把猴子起名作「阿活」，是因為看牠四處奔跑時十分快慰；後來吉常常與猴子說話，猴子就像聽得懂，有時還給他一些活潑的反應，從那天起，吉便將猴子的名字改易為「阿靈」。

晴撫了幾下阿靈的頭，吉已急不及待在袋內取出水果，水果是已切片的蘋果和香蕉，還有一些堅果早放在吉的手上摩挲着，吉焦急地以為甫進店內就可以飼食，豈料猴子還未醒來。晴傾着頭，說：「吉先生請放心，自從阿靈送到寵物店暫住，我們員工都落力照料，況且你們家裏起了些變化，我們會二十四小時觀察阿靈。就我們看來，阿靈過去一直受到絕佳的照顧，牠面對逆境時似乎能展示頑強的力量，你家裏的變化似乎對牠沒有多大影響，而我們過去很少看見這種狀態在動物身上發生。吉先生，你真是優秀的訓練員。」吉沒有等待晴說罷，便搶着說：「不能輕率，在阿兆出事一刻，阿靈一直在旁，阿兆逃至鐵網的邊陲，他明知道鐵網通電，以為套上塑膠手套就可以避免觸電。當他攀上鐵網，電就如鉛壓背，任誰都來不及反應。」越對於吉坦率地陳述阿兆怎樣死去沒有過度的反應，她只愈發啞着嘴，繃緊的身軀仍舊無法放鬆下來，她空洞的眼眸裏老早噙着不欲擠出的淚。吉似乎未有察覺越的神色，只管追問晴：「晴小姐，可知道人必有一死，我亦無話可說；現在我只寄望阿靈活得好，我一直憂心的是阿靈到底在這事後所產生的後遺症，牠一直跟着阿兆走至鐵網前，我從部門看守所借來監控電視的影片，當中看到阿靈在阿兆攀上鐵網前，的確歇斯底里地在嘶叫，顯然牠是有靈性的，直至阿兆被通電的一刻，阿靈緊張得在原地直打轉，先是一聲長長的叫喊，眼球瞪得老大，還試圖奔向阿兆，像不顧一切的狀態，晴小姐，妳說這是多麼使人憂心。」晴用力點了點頭說：「吉先生，明白的，這兩星期以來我們都有專業職員看守觀察，阿靈絕對沒有異樣，而且食慾正常，起居狀態非常令人滿意，吉先生請別再憂心吧！」吉稍微放鬆說：「晴小姐，請別介意我話多，我可多問一個問題嗎？」

「可以。」

「感謝！妳剛才說看守的都是專業職員，請問他們到底是甚麼職級？妳曉得我都在部門裏工作，不同職級的員工無論在水平上和態度上可有莫大的差別。」吉不自覺地想撫摸猴子，晴立即以手遮擋，並且拍了拍吉的肩膀說：「吉先生，吉先生，只管相信我們，我們懂的。」

「好吧！感謝你們！看阿靈的樣子，牠是多麼討人喜愛。」

越的身體不知怎的忽然起了疙瘩，一下踉蹌退了兩步，此刻，她的確惱怒吉，她實在不知道吉的心裏到底有沒有為阿兆難過。然而，她曉得今趟來寵物店的目的，她強忍着哀痛説：「晴小姐，吉告訴我，若不是阿兆的事情，我大概可以達到更高級別，飼養其他動物，對嗎？」

「的確如是！」

「那麼請原諒我先到動物飼養間看看，讓我先了解更高級別的動物。」

「越女士，當然可以，左方有偌大的動物飼養間，那裏有專業職員協助妳。」

「感謝妳，晴小姐。」越説話時聲音有些沙啞，亦曉得事情已無濟於事，她只是盼望這刻可抖擻一下倦極的身軀與精神，便朝動物飼養間走去。吉以關愛的眼神看着越走了，手卻偷偷撫摸了一下阿靈的毛頭。

＊　＊　＊

動物飼養間清晰地標註着不同級別的動物。桌上擺放了「動物管理訓練課程」

的單張與報名須知。越獨自走向最高級別的角落，空間寬敞，製造食糧的機器發出軋軋聲。越瞪眼看着一頭銀白色的野狼，野狼毛質柔軟細滑，四面玻璃包圍，野狼單純地受着寵物店的保護。越站着看野狼，她心頭有些怔忡，因野狼令她想起那些被動物吞噬的人，這些人的屍首似乎仍未被妥當地處理，她又想起鄰家的女人。越為了近日的事情做了許多奇怪的夢。她不自覺地摸了摸自己的髮梢，然後鼓起勇氣，拍了拍玻璃，想看野狼有甚麼反應。野狼終站了起來，沿着玻璃籠繞了一圈，目光變得鋭利，且一直停留在越的身上。越有些害怕，退了兩步，全身如有股逼人的寒意襲來。

幸而，在寧靜的環境裏傳來一陣陣人聲，從暗處慢慢浮現出青與白的輪廓，兩人亦沒料到在這裏碰上越，尤其是白，他本以為動物飼養間沒有甚麼趣味，卻因越的出現而有所不同。白主動地上前與越攀談起來。

「越女士，您好，我是白，沒料到在這裏碰面。」

「你好，年輕人，你似乎未到飼養這個級別的動物，何以跑到這裏來？況且，我估計我和吉先生未認識你們。」

「確是，她是青，我們都進島接近三年，而你們在島上有名，我們很早聽聞你們的名字。」

「那麼近日發生的事情沒有甚麼好聽吧！」越掩了掩嘴，再眨了幾下眼睛，接續地說：「你們差不多經過三年試住期，有決定了嗎？」

白本來白皙的臉有些泛紅，說：「還不確定。現在的狀態就像是混沌地跑了進來，一睹島的風景後，卻無法確實將來就此安居。」

「那麼你在島外當甚麼職業？」

「我在便利店上班。說實話，這是可有可無的工作。我明白在島內將獲分配工作，工資可免稅，只要放下珍視的東西，並學習怎樣管理動物，島就像是很可靠的地方。近日的人搶着要進島，必然是因為島的生態已吸引了許多人來，特別在外圍生活不景氣時，人更視島為理想居所。只是，在法例上我實在想不通，就是那不可離開島的條例，島內與島外的不同生活方式，使我仍無法抉擇去向。」此刻，越看着眼前的白，想起了阿兆，她心緒複雜，伸手摸了摸白的臉，說：「阿兆，你別再考慮島外，島已為你分配各項需要，你爸爸和我不忍目送你到遙遠的地方，那地太自由，你會受不了。」白一下子反應不來，青卻霎時在兩人的後頭呼叫了一聲，指着野狼說：「野狼露出利牙，好可怕啊！」

白轉身瞄着野狼說：「確實可怕，但我喜歡。牠的確很美，銀白的毛有如銀河，如有機會飼養牠的話，我必然好好教導牠。」

青笑了笑說：「可不要，我現在的牧羊犬多麼溫馴可愛，我實在無法想像牧羊犬與野狼怎樣和平共處。」

越搖了搖頭說：「是可以的。這個世界原來的創造是要人管理大地，所有的動物都應該伏在人的權柄底下。可是人將這本來的面貌徹底改變，而形成這貌似無可挽回的局面。現在我們應該好好學習怎樣訓練，有一天我們將建設理想又有秩序的島。」白認為越說得實在是好，便拍了幾下掌說：「越女士果然看得清。這野狼的美是天然的，若將牠視為家狼照料，牠必然在這生態循環中改易過來，與其他動物和平共存。」越對自己所說的話有些始料不及，她想起自己早陣子打算暗中逃離，與現在的話有多大的反差，但她知道自己是吉先生的太太，到底是代表部門的人，故她的責任是令所有人認為島是可靠且美滿的地方，尤其是面對這種三年試住期內的島民，更應徹底地令他們對留在島感到喜悅。

青狀似撒嬌的說：「管牠是家狼還是野狼，我都不會喜歡，我只樂意飼養牧羊犬，牠的忠誠是我最喜歡的。」

白蹙了蹙眉說：「那麼妳只可以停留在某個級別，島的福利和保障妳便不能完全擁有。」

青跳了一下說：「那麼你快決定住進島。反正你喜歡野狼……應說是家狼，我因着你亦可同時擁有島的福利。」

越聽見青與白的對話，目光卻沒有正視兩人，亦羞於讓兩人看見自己冠冕堂皇地為島說項，她只繼續看着野狼，說：「那麼，請將島視作你們的美好將來吧。」

此時吉剛好走進來，越女士識趣地挽着丈夫的手臂，她主動地向吉介紹兩位年輕人。吉點了點頭。

白說：「我知道近日有些仍未獲認真處理的屍體，請問部門有沒有甚麼打算？」

吉沒有料到與白的第一次對話是關於屍體。然而，他還得回應一下：「確是因為有人沒有好好管理動物，又未有認真接受島的訓練，也由於性格貪婪，以為可蒙混地攫取島的福利，反之卻造成無可挽回的局面。若人安於本分地接納島的分配，又明明白白地循序漸進，我想總不會造成這種噏噏蝕骨的傷痛。屍體方面，部門起初打算藉着屍體棄置從而引起島民的關注，藉此警惕沒有依照規定而單為謀取福利的島民。可是，由於這種極端的做法對島民造成困擾，部門即將公佈新措施，來防止誤會繼續惡化。」

就在白要回應之時，越拍了拍白的肩說：「你們年輕人多少無法一下子理解，然而要相信島本來的用意是美好的。」

白沒有打算回應，只是瞄着野狼，看野狼的一舉一動和臉容的變化。青卻在這時突然詢問：「吉先生、越女士，請問你們放下了甚麼珍視的東西來換取永久島民的身分？」

吉先生雙手插在衣袋裏，緩慢地點了幾次頭，說：「我放下了結婚證書。」青和白皆掩着嘴，瞪着眼睛，卻沒有說出話。

「若非放下結婚證書，我和越女士的相處應該沒有以往般好。」越點了點頭。晴在外頭呼喚，告訴吉先生和越女士阿靈差不多醒來了，吉先生隨即欠身道別，且帶着越離去。

白再次俯下身來看野狼，甚至靠近玻璃幕牆隔空撫着野狼，青一直在白的身旁陪伴着他。

# 後記：城市中的離群者

對於面目模糊的人來說，城市或許沒有賦予他們靈魂的居處，而他們亦無法從城市中得着獨特的意義，也不是他們沒有嘗試表現原有的個性，只是我們肆意地將他們忽略，甚至由始至終不認為他們存在於我們的世界裏。他們到底是誰？可能是某個獨自賞楓的落泊少年，可能是某個坐在碼頭孤獨地看海的老人，或者是某個無法定居在原來住處的居民，又或者就是你和我。於是，這些無法尋得自我的人，慢慢地演化出不同的生活方式，可能會變化出自我放逐的思緒，又或會故意將穩定的狀態打破，來換取身邊人的關注。這就是離群狀態的開始。

有些人十分着重對自我的肯定，且會想盡辦法證明自己的價值，一場宴會、一次比賽、一通電話，又或可能只是一個念頭，只要與別人有不同的看法，爭論就會愈演愈烈，關係也輕易地變得遍體鱗傷。然後，事情又會無聲無息地過去。在城市的擠壓與不可理喻的謾罵中，到底有沒有人想過為何會造成這種冷漠的局面？又或者這本來就是城市的本質。而離群的狀態也就更加明顯。

時間有能力消抹人的想法，然而，有些人卻是時間無法駕馭的，時間對他們起不了任何作用，自我的想法竟一直在腦內縈繞，並向內心的陰暗處邁進，最終成為了網羅與羈絆。從此，人就像活在無法逃離的困局之中，只要無意間觸碰某種對話、場合或天氣，自我的思緒就像毫無預兆地干預整個人的心思。

離群者就是在這種情況下衍生的人。

責任編輯：羅國洪
封面設計：Alice Yim

書　　名：離群者
作　　者：陳志堅
出　　版：匯智出版有限公司
香港九龍尖沙咀赫德道二A
首邦行八樓八〇三室
電話：二三九〇〇六〇五
傳真：二一四二三一六一
網址：http://www.ip.com.hk
發　　行：香港聯合書刊物流有限公司
香港新界大埔汀麗路三十六號
中華商務印刷大廈三字樓
電話：二一五〇二一〇〇
傳真：二四〇七三〇六二
印　　刷：陽光(彩美)印刷有限公司
版　　次：二〇一九年六月初版
國際書號：978-988-79782-3-7